熊愛企韓國
Saleisha老師的
第一堂 超好玩韓語課
VER 3.0

全書線上
音檔連結

❄ 推薦序－大韓航空台灣區總經理　金帝範 先生

　　有一句話說：「實戰是最有效的訓練。」

　　用高爾夫球舉例來說，即使在練習場練習了好幾個月，實際到球場上也不一定能展現完美的球技，而電子虛擬高球的高球好手，在實戰當中敗北的情況更是不在少數。

　　我認為語言學習也是一樣的。許多人在學校的正規課程當中，以文法為初級基礎、進而到背誦高階的句型，即使認真苦讀，到生活中真正要與人對話時，卻常常一個字也說不出來。

　　在此我想自信地為各位介紹，這本適合台灣人、簡單有趣、有效實用的韓語學習書。

　　本書的特色簡單來說有以下幾點：

　　第一，本書選擇了讀者們會有興趣的單元主題。

　　以旅遊為題材，包含從出國到歸國，整趟旅程會面對的各種情況。首先就能抓住學習者的胃口，激起學習動機。

　　第二，本書使用了平易近人的短句與最新流行語。

　　除非是要在當地發展事業或是工作，就一般的生活會話而言，短句的使用相對容易，也更能使交談的雙方互相理解。再加上最近的流行語，可以將語言學習的效果最大化。

　　第三，本書能讓人在不知不覺中提升韓語實力。

　　語言的學習，有許多人往往在一開始很容易前進，但途中經歷了幾次挫折後就會放棄。

　　本書以輕鬆的方式作為開頭，有趣而好玩地帶著讀者到處玩耍探險，使讀者在不知不覺間漸漸累積實力，是一本像魔法一般的書。

　　「信任是一切的解答。」

　　本書的作者是台灣知名的韓語講師，也曾經是我的中文家教老師。在將近四年的時間當中，一大早七點來到我的辦公室為我指導課業。在課程當中，為了維持我對於中文學習的興趣，老師持續不斷努力開發新的教材，也常常在課程內容加入與我工作有關的KEY WORD，使我的學習更有效率。在此，想要趁這個機會再次向她獻上感謝，我想各位或許也能在這本書，看見老師的用心。

　　如果缺乏信任的話，是沒有辦法完成任何事的。

　　若是我對於作者沒有這樣的信任，我是沒有辦法寫下這些文字的。

　　最後，希望各位讀者都能夠因為這本書，使韓語實力日益提升。

2018.5.30 寫於松江路辦公室的書桌　帝範

推薦序－大韓航空台灣區總經理　金帝範 先生

　　"실전이 가장 효과적인 연습방법이다."라는 말이 있습니다.
　　예를 들어 Golf의 경우 연습장에서 몇 달간 많은 연습을 해도 실제 필드에서는 낭패를 당하기 쉬울 뿐 아니라, 스크린 Golf의 달인도 실전에선 백약이 무효인 경우가 허다합니다.
　　언어 학습도 마찬가지라고 생각합니다. 학교 정규 과정에서 문법을 기초로 장문의 고급 표현까지 외우다시피 공부를 하여도 막상 실제 대화에서 입을 떼지 못하는 경우를 어렵지 않게 볼 수 있습니다.
　　여기 대만인이 쉽고 재미있게 효율적이며 실전적인 한국어 학습이 가능한 새로운 책이 출간되어 자신 있게 여러분에게 소개하고자 합니다.
　　책의 특징을 간단히 살펴 보면 아래와 같습니다.
　　첫째, 흥미를 가질 수 있는 주제 선정입니다.
　　여행을 주제로 출국에서 여행의 주요 접점을 거쳐 입국까지 전 여정을 주제로 삼고 있습니다. 그만큼 학습자의 학습 흥미에 먼저 포인트를 맞추었습니다.
　　둘째, 단문 사용 및 최신 유행 표현으로 쉬운 접근법의 선택입니다.
　　현지에서 사업을 하거나 주재 근무를 하는 경우를 제외한다면 단문 사용이 사용하기도 용이하며 상대방이 이해하기에도 쉬운 법입니다. 게다가 최신 유행 표현을 사용한다면 효과가 극대화 될 것입니다.
　　셋째, 부지불식간에 실력 향상이 가능한 단계별 접근 방식입니다.
　　보통 언어 학습의 경우 쉽게 출발하여 곤란을 겪다가 중도 포기하기 일쑤입니다.
　　본 책은 쉽게 출발하여 재미있게 이곳 저곳을 다니다 보면 자신도 모르는 사이에 탄탄한 실력이 쌓이는 마법과도 같은 책입니다.
　　" 신뢰가 답이다. "
　　본 책의 저자는 현재 대만 주요 유명 한국어 강사이시며, 저의 중국어 과외 선생님이시기도 하셨습니다. 감사하게도 근 4년을 이른 아침 7시 저희 사무실을 방문하셔서 저를 지도편달 해주셨습니다.
　　그 과정에서 저의 중국어 학습에 대한 지속적인 흥미 유발을 위해 새로운 교육 자료 개발에 노력해 주셨고, 제 업무 관련 KEY WORD 중심 교습 등으로 효과적인 공부가 가능했었습니다. 다시 한번 이 자리를 빌어 감사드립니다. 아마 그 때의 저자의 노고도 본 책에 흔적을 남겼을 것으로 생각됩니다.
　　신뢰가 없으면 아무 것도 이룰 수 없듯이 저자에 대한 저의 무한 신뢰가 없다면 이런 글을 감히 쓸 생각도 못했을 겁니다.
　　모쪼록 본 책을 통해 여러분 한국어 실력이 일취월장하시기 기원합니다.

2018.5.30 송장로 사무실 책상에서　帝範

推薦序－政治大學韓文系主任　陳慶智 主任

　　Saleisha是我大學教導的學生，就如同Saleisha在作者序當中自首的內容一樣，老實說，她在學時期的成績並非名列前茅，在韓語學習上也遇到了不少挫折與障礙。畢業後最先聽到的不是她在韓語教育界活躍的消息，而是以「小歌女莎莉夏」的身份，用美妙的歌聲征服各界的訊息。之後，陸續從臉書，以及一些畢業系友的口中得知她轉戰韓語教學，且在業界已闖出一番名號，不僅在一般補教界，甚至還受邀至大學授課，之間的巨大變化，著實令人刮目相看。也因為如此，一直持續地關注她發展的狀況，當她邀我撰寫推薦序時，就義不容辭地接下這重責大任。

　　觀看目前臺灣的韓語學習熱潮，不僅在大學，連在高中的韓語修讀人數每年都是以「萬人」做為計算單位，但坊間的韓語教材卻大多是韓國大學出版的翻譯教科書，由臺灣作者撰寫，針對學習者特殊需求編撰的書籍相對來說卻是少得可憐。Saleisha利用她在韓語教學的豐富經驗與韓國旅行中獲得的靈感，嘔心瀝血地編撰出這本超實用的旅遊韓語書籍，相信只要按照本書規劃的順序學習相關單字、文法、對話，並與提供的場景內容相互結合，讀者便能在韓國遇到類似情況時，與韓國人對答如流，問題迎刃而解。韓國有句諺語說：「**천 리 길도 한 걸음부터**（千里之行，始於足下）」。各位的旅遊韓語之路，就從Saleisha的這本書中開始吧！

政大韓文系 系主任　陳慶智

❄ 推薦序－知名部落客　嫁到韓國又怎樣

　　我在大二轉系到韓文系後，認識Saleisha到現在已經九年了，學生時期的她說不上對韓文有什麼熱忱，只是個享受青春、廣受喜愛的女大生，她不曾約我一起讀書，而常約我一起吃麥×勞。

　　畢業後為了賺錢，間接讓她真正拾起對韓文的熱情，在補習班將大學所學的知識應用到課堂上，看她為了學生仔細準備教材及獎勵，180度的大轉變讓我這個老同學都驚訝連連。

　　看過我的臉書粉絲專頁的朋友都知道，我最近這幾年為了愛住在韓國（笑），但幾乎每年都能在韓國見到Saleisha，她有時帶學生來戶外教學，有時自己來旅行進修（？），聽到她要出書覺得驚訝卻也感到驕傲。她把這幾年韓國自助旅行的經驗編寫成一本書，結合了旅行時最需要的單字與句子，為了就是讓一樣喜愛韓國的朋友也能夠藉由這本書輕鬆當個背包客。

　　我自己也花了好幾年學習韓文，終於看到一本沒有生澀難懂的文法，而是生動活潑的韓文學習書！要是幾年前埋頭苦讀韓文時，能遇到這種書就好了T＾T

　　저는 타이시엔끄어 (泰憲哥) 입니다. 한국사람으로서 처음에 이 책을 보니 현대 한국 사회에서 실제로 많이 쓰는 한국어를 대화체로 나타내어 정말 젊고 실용적인 책이라는 생각이 들었어요. 역시 글쓴이가 젊은 사람이라 그런지 좀 특별하네요! 음식점, 호텔, 옷가게 등 여행 중에 쓸 수 있는 단어나 대화들이 많아 한국여행을 계획하고 있는 분들도 여기 있는 대화문만 좀 알아가면 쉽고 빠르게 대비할 수 있을 거예요! 중간중간에 귀여운 그림들과 실제 한국 사진들이 함께 첨부되어 있어 심심하지도 않고요. 떡볶이랑 오뎅 사진을 봤더니 배가 고픈데 떡볶이에 오뎅국물 마시러 가야겠네요ㅎㅎ

粉絲專頁【嫁到韓國又怎樣】

小雯、泰憲哥

作者序

其實一直覺得自己沒什麼資格出韓語教學書哈哈哈，因為跟所有正在看這本書的你一樣：我就是一個正港的台灣人。

若要說我跟一般學韓文的人的不一樣，大概就是在韓國當交換學生時修語言學課看了很多難看的磚頭書，以及因為帶過幾千個學生，所以了解學生們易學的單字文法是哪些，總是搞不懂的又會是哪些。

感謝這樣的一樣與不一樣，讓我能寫出這本書。

我完全能理解大家看到韓文字覺得很難，永遠搞不清楚收尾音在幹嘛，敬語、數字分好多種，就算會唸，書寫時還是很困惑現在到底要寫ㅗ還是ㅓ。

你在韓語學習的路上經歷過的困難與挫敗，我全都經歷過，而且可能比你更慘。

我大學時幾乎每學期都是班上倒數（雖然不太知道是因為太常翹課還是因為沒唸書XD），我花兩個月才記起字母，第五個月才好不容易比較唸得出來。畢業開始教課後，為了避免學生跟我一樣，我想了一些有點白癡好笑，但是有用的方法，讓大家能在五小時內快速記住，這些「大家」除了一般的上班族，還包含了國小小朋友、四五十歲的媽媽、甚至好幾位六七十歲的爺爺！

後來教課累積了一些學生，每次學生從韓國玩回來，我都很興奮地問他們說：「怎麼樣！有沒有發揮一下你的韓文實力！」大部分的學生都會回：「菜單都看不懂！」、「我聽的懂那些韓國人在講什麼，但是我說不出來。」這些學生都學一段時間了，韓文並不差，只是他們沒有特地去學在旅遊時會遇到的單字跟句子。

於是我編寫了一系列講義，讓第一課不再是「你叫什麼名字？」，而是「不好意思，可以給我水嗎？」，第二課不再是「你是什麼國家的人？」，而是教「這道菜會辣嗎？」，印象很深有位只學兩個月的媽媽學生，去完韓國回來，覺得自己韓文超好超敢講！買東西、問路都難不倒。我永遠記得我問她：「怎麼樣！那妳有用到我們上課教的東西嗎？」，學生滿足開心得意（？）的笑容。

我將講義整理、加強，得到了好多善良與專業的人、和全宇宙的幫助才寫出了這本書，這也許不是一本最屌、最充實、最嚴謹的韓語學習書，但絕對是唯一一本：

能讓你紮實地學到正規文法的同時，在韓國旅遊時韓文好到能夠嚇爆你朋友的書：）

Saleisha

目錄

012　　0. **發音篇**

031　　1. **機場篇**　－不好意思，請給我水！
　　　　　　공항편　　- 저기요, 물 좀 주세요.

039　　2. **小吃篇**　－這個是什麼？
　　　　　　간식편　　- 이게 뭐예요?

047　　3. **購物篇**　－這T恤多少錢？
　　　　　　쇼핑편　　- 이 티셔츠가 얼마예요?

055　　4. **咖啡廳篇**－這不是我的咖啡
　　　　　　커피숍편　- 이건 제 커피가 아니에요.

063　　5. **問路篇**　－化妝室在哪裡？
　　　　　　길 물어보기편 - 화장실이 어디에 있어요?

071　　6. **餐廳篇**　－請再給我們一點小菜
　　　　　　식당편　　- 여기 반찬 좀 더 주세요.

079　　7. **飯店篇**　－早餐時間是從幾點到幾點呢？
　　　　　　호텔편　　- 아침식사 시간은 몇 시부터 몇 시까지예요?

087　　8. **交通篇**　－不好意思，明洞要怎麼去？
　　　　　　교통편　　- 실례합니다. 명동으로 어떻게 가요?

095　　9. **烤肉店篇**－請再給我們兩人份的烤五花肉。
　　　　　　고기집편　- 여기 삼겹살 2인분 좀 더 주세요.

103　　10. **更上一層樓!!**　動詞與形容詞的아/어요變化.

109	11. **交朋友篇**	我也想去弘大，一起去吧！
	친구사귀기편	저도 홍대에 가고 싶어요. 같이 가요.
117	12. **邀約篇**	明天早上十點半在梨大地鐵站六號出口見。
	약속편	내일 아침 10시 반에 이대역 6번 출구에서 만나요.
125	13. **汗蒸幕篇**	韓國人在汗蒸幕裡面做什麼呢？
	찜질방편	한국사람은 찜질방에서 뭐 해요?
133	14. **看病篇**	你哪裡不舒服嗎？
	병원편	어디가 아파요?
141	15. **節日篇**	明天是白色情人節，男生會送花。
	기념일편	내일이 화이트데이예요. 남자들이 꽃을 줄 거예요.
149	16. **計程車篇**	請幫我停在那邊的紅綠燈前面。
	택시편	저기 신호등 앞에서 세워 주세요.
157	17. **化妝品篇**	韓國化妝品便宜而且很可愛。
	화장품편	한국 화장품은 싸고 귀여워요.
165	18. **滑雪場篇**	我會溜冰但是不會滑雪。
	스키장편	저는 스케이트를 탈 수 있지만 스키는 탈 수 없어요.
173	19. **飲食篇**	請給我原味炸雞和辣味炸雞各半。
	음식편	후라이드하고 양념치킨 반반씩 주세요.
181	20. **回國篇**	這裡可以暫時寄放行李嗎？
	귀국편	여기 짐을 잠깐 맡겨도 되나요?
190	附錄I	各課練習解答
195	附錄II	各課聽力內容與解答

本書單元介紹

 ：每一篇都會介紹該主題最常用且最好記的單字！讓大家信心滿滿，且能夠到當地立刻使用。

 ：每一篇都有清楚的說明及大量例句和練習題，讓大家能夠邊唸邊寫，確認自己是否真的會應用，不會看完就忘記。

 ：教大家最關鍵！最常用！而且最精簡的句子，學了就能去到韓國直接開口，聽到對方講一大串也能用關鍵字猜出意思。

 ：實地韓國拍攝，讓大家學以致用，去到韓國就知道自己學的東西會在哪裡出現。

 ：模仿TOPIK考題的聽力測驗，以及對話書寫練習，讓大家去韓國玩的同時，也能提升應考韓文檢定的信心。

 ：再次複習該課文法使用頻率最高的常用句，每篇主題學了什麼，看這頁就能夠一目瞭然。

本書使用指南

雖然能夠直接來上Saleisha老師的課是最好的哈哈，但如果沒有辦法親自來上課的話，讓我們告訴你，如何有效率地使用這本書，在最短的時間扎實地學好韓文吧！

剛開始進入初學發音篇：
1. 先閱讀每一篇的說明，了解韓文字與韓文這個語言。
2. 跟著線上音檔一起念念看，記得搭配說明做出正確的嘴型。
3. 拿筆跟著寫寫看，一邊唸一邊寫。
在本書當中，只要看到 🐾 熊掌的符號，就是表示換你寫寫看囉！
記住，在發音篇當中，這些韓文字是什麼意思並不是最重要的，
看到字能唸的出來！才是第一重要的任務唷。

正式進入旅遊主題篇：
1. 先唸唸看每一篇主題的單字，圈起幾個自己喜歡或覺得有趣的單字。
2. 閱讀每一篇的文法說明之後再看例句，試著唸唸看。
3. 動手寫寫看空格的部分，遇到不會的先不要翻解答，先回去看一下前面的例句與說明，試著再寫寫看。
4. 用剛剛自己圈起來過的單字，搭配新學的文法造看看新的句子。
5. 看課文之前先放一次線上音檔，聽聽看能不能猜到在說些什麼。
6. 先閱讀單字與常用句，再放一次線上音檔，一邊看著「韓文」課文。
7. 試著看這下面的中文翻譯，在旁邊寫出韓文句子。
8. 試著挑戰現場直擊裡面有著眾多韓文字的照片，唸唸看能猜到多少字。
9. 做完考場體驗跟成果驗收，再翻回去看看自己不熟的文法及單字。
10. 最後再翻回前面幾個單元的單字，想想旅行時什麼時候可能會說到這些單字，然後試著用自己這課學到的文法，造出各種不同的句子吧！

如果每一課都能夠這樣練習的話，當大家閱讀完本書的同時，將能具備：
1. TOPIK 1（韓語能力檢定）1級的能力
2. 跟韓國當地人簡易溝通、交流、自我介紹的能力

希望大家都能夠開心地一邊玩韓國、一邊學韓文唷：）

發音篇 1. 認識韓文的字母

很多人一開始看到韓文字長得跟中文完全不一樣都會很害怕，會懷疑是不是很難、要學很久，但其實，韓文真的是非常簡單的語言。尤其對台灣人來說：）

原因是因為：我們有「注音的拼音概念」和「漢字的基礎」。

打開一份韓文的報紙，上面會寫滿很多像是在畫圖的符號，

其實與我們的注音符號原理十分相似：

注音： ㄋ ㄏ ㄇ ？
　　　 ㄧ ㄠ ㄚ

韓文： 니 하 오 마
　　　 뷰 공 읽 맑

這邊的每一個顏色都是一個韓文字。比方說：

相似點：每一個符號都是一個音，拼起來就可以念出那個字。

不同點：1. 韓文沒有聲調符號。

　　　　2. 韓文一個字最少要兩個符號（字母），最多四個符號（字母）。

我們學一個語言，最重要的目的就是要，嚇倒你朋友！（大誤）。

試著想想看，如果今天和朋友一起去韓國旅遊，而你看到路上招牌的韓文字都念得出來，他是不是會覺得你很厲害呢？

所以一開始最重要的，就是想辦法念出這些字！一起開始吧！

發音篇 2. 基本母音

這一篇要介紹十個基本母音，大家有觀察到這些字有什麼共通點嗎？

아	야	어	여	오	요	우	유	으	이
ㄚ	ㄧㄚ	ㄛ	ㄧㄛ	ㄡ	ㄧㄡ	ㄨ	ㄩ	ㄜ(扁)	ㄧ

小秘訣

1. 這些字都有圈圈，圈圈在這裡不發音，所以我們可以藉此認識站在它旁邊的母音怎麼念。
2. 每一個母音都有一個多一橫的朋友，多一橫就多一個注音「ㄧ」的發音。

아
一撇往外，所以往外念：ㄚ

야
多一橫，所以念：ㄧㄚ。

어
要念ㄛ，但是嘴巴不能嘟出去。

여
多一橫，所以念：ㄧㄛ。

오
要念ㄡ，嘴巴往前嘟，呈小小的圓。

요
多一橫，所以念：ㄧㄡ，
韓劇中常聽到的語尾。

우
長得像一個屋簷，下面可以躲雨，所以念：ㄨ

유
下面有一個倒過來的英文字母U，所以念U。

으
做出長的跟它一樣扁扁一直線的嘴形，想像念注音ㄜ然後壓扁。

이
最簡單的，一個人站在旁邊所以念：ㄧ。

Trk 01

光是學會上面那十個字母，我們就可以念出很多單字囉！

야
欸

아이
小孩

우유
牛奶

여우
狐狸

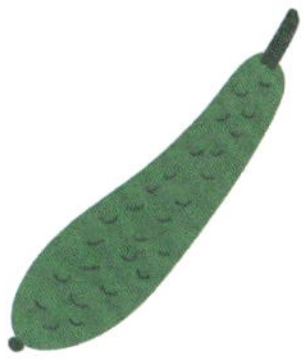

오이
小黃瓜

發音篇 3. 基本子音

這一篇要介紹韓文的九個基本子音。

我們一樣要繼續觀察！大家有發現這些字有什麼共通點嗎？

가	나	다	라	마	바	사	자	아
ㄎㄚ	ㄋㄚ	ㄊㄚ	ㄌㄚ	ㄇㄚ	ㄆㄚ	ㄙㄚ	ㄑㄚ	ㄚ

小秘訣

1. 這邊的字雖然都是新的，但是旁邊都站了一個我們前面學過的ㅏ（ㄚ），所以念起來一定有ㄚ的音。
2. 子音長得比較不好認，讓我們用一些比較有趣的方法來記憶吧。

ㄱ
這個字長得像鐮刀，刀子要拿去「刻」東西，所以念：ㄎ

ㅁ
這個字全部都關起來，就是叫你把嘴巴也關起來，所以念：ㄇ

ㄴ
這個字長得像人的鼻子，鼻子的英文是「n」ose，所以念：ㄋ

ㅂ
這個字跟上面的ㅁ比起來，上方多了一個破洞，所以會漏氣出去，念：ㄆ

ㄷ
這個字長得像桌角，撞到會很「痛」，所以發：ㄊ

ㅅ
사這個字，是大家都會念的「撒」朗嘿喲的第一個字，有「人」才能愛，所以念：ㄙ

ㄹ
這個字捲捲的，是叫你把舌頭卷起來，所以發：ㄌ

ㅈ
這個字只能乖乖死記，介於ㄑ與ㄔ之間的發音。

這邊學的子音，可以跟前一篇學過的全部母音當朋友，例如：

가 기 고 거
나 누 뉴 니
마 미 므 먀

所以記每個「字」的念法是非常沒有效率的，應該要記每個「符號」！

Trk 03

這邊讓我們先跟簡單的ㅏ和其他的母音一起搭配試試看吧！

가	가	기	기
나	나	너	너
다	다	도	도
라	라	루	루

마	마	미	미
바	바	버	버
사	사	소	소
자	자	주	주

Trk 04 練習看看這些單字吧!

바나나
香蕉

누나
姊姊

나무
樹木

어머니
媽媽

샤이니
SHINee

小秘訣
當你無法一下子念出來整個字的音時,先遮住右邊或下面的符號,念出其中一個符號(子音)之後,再去念第二個符號(母音)。

練習看看下面的句子吧!

不是。

아니요.

我們走吧。

우리 가자.

去哪裡?

어디 가요?

不好意思!

저기요!

小秘訣

有氣音的字,前面有字時,念的時候把氣音拿掉聽起來比較自然。

ㄆ > ㄅ
ㄎ > ㄍ
ㄊ > ㄉ
ㄑ > ㄐ

發音篇 4. 雙子音與清子音

這一課要介紹由基礎子音變化而來的十個字母。
只要之前的字母有記起來,這邊應該都難不倒你囉。

清子音

小秘訣
多一橫,送多一點氣。

Trk 06

가	다	바	자	아
카	타	파	차	하
ㄎㄚ	ㄊㄚ	ㄆㄚ	ㄑㄚ	ㄏㄚ

小秘訣
1. 通常清子音在單字或句子裡會是比較高音的位置,大家遇到的話可以往上念念看,就會比較自然囉。
2. 綜藝節目的字幕常常可以看到ㅋㅋㅋ表示ㄎㄎㄎ冷笑,而ㅎㅎㅎ表示ㄏㄏㄏ的笑聲,跟我們的注音文是一樣的意思喲。

雙子音

小秘訣
多一橫,念重一點。

Trk 07

가	다	바	자	사
까	따	빠	짜	싸
ㄍㄚ	ㄉㄚ	ㄅㄚ	ㄐㄚ	ㄙㄚ

練習念&寫寫看下面的單字吧!

차
車子

아빠
爸爸

오빠
哥哥

파티
派對

포크
叉子

나이프
刀子

發音篇 5. 收尾音

之前學的字都只有兩個字母,當有第三個字母出現的時候怎麼辦呢?

小秘訣
1. 長在下面的字母,我們叫它「收尾音」、「終聲(받침)」。
2. 走「欲言又止」的路線,先念上面的音再念下面的音,在要把下面那個音念出來之前,把它吞回去。

Trk 09

악 用喉嚨把ㄎ卡回去	[k]	알 舌頭卷起來	[l]		
압 在ㄆ噴出來之前把嘴巴閉起來	[p]	안 有鼻音,最後收音時要咬到舌頭	[n]	앋앗앚앋 最後收音時要咬到舌頭	[t]
암 直接把嘴巴閉起來	[m]	앙 有鼻音,最後收音時舌頭不能碰到別的地方	[ŋ]		

小秘訣
當有第四個字母出現時,下面兩個字母中我們只會選其中一個字母來念,而唸法就跟這邊學的三個字母一樣,只是要知道要選哪一個字母來念,之後遇到的時候會再教給大家。

讓我們用數字來練習看看收尾音吧！

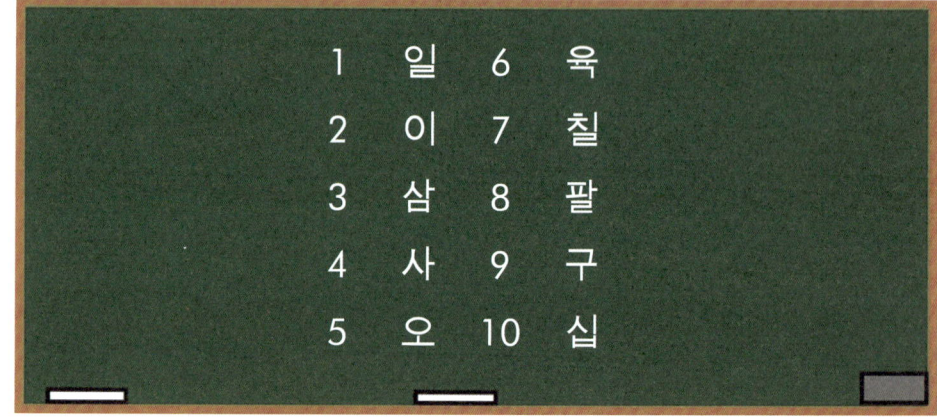

1	일	6	육
2	이	7	칠
3	삼	8	팔
4	사	9	구
5	오	10	십

讓我們來練習念念下面的單字吧！

밥 飯
방 房間
발 腳
반 班級
밤 晚上

빵 麵包
팔 手臂
반친구 同學

콜라 可樂
물 水
핫초코 熱可可

커피 咖啡
소주 燒酒
주스 果汁

남자 男生
여자 女生

남자친구 男朋友
여자친구 女朋友

小秘訣

無法一次念出整個字的時候，先遮住下面的收尾音，把上面念完再去念下面。

發音篇 6. 複合母音

這一課要教大家剩下最後的十一個字母囉！
雖然乍看之下很可怕，但其實大多是由之前學過的母音組成的。

Trk 14

애	얘	에	예	위	워	와	왜	외	웨	의
ㄝ	ㄧㄝ	ㄟ	ㄧㄟ	ㄨㄧ	ㄨㄛ	ㄨㄚ	ㄨㄝ	ㄨㄟ	ㄨㄟ	ㄜㄧ

애
這個字長得像「H」，所以念ㄝ。

얘
多一橫，所以念ㄧㄝ。

에
這個字要念嘴形小小的ㄟ。

예
多一橫，所以念ㄧㄟ。

위
這個字是ㄨ和ㄧ合起來，所以念ㄨㄧ。

워
這個字是ㄨ和ㄛ合起來，所以念ㄨㄛ。

와
這個字是ㄨ和ㄚ合起來，所以念ㄨㄚ。

왜
這個字是ㄨ和ㄝ合起來，所以念ㄨㄝ。

외
ㄨㄟ
這個字念起來跟右邊的字幾乎一模一樣。

웨
ㄨㄟ
這個字是ㄨ和ㄟ合起來，所以念ㄨㄟ。

의
1. 字首時：念ㄜㄧ（扁扁的ㄜ滑到ㄧ）
2. 非字首時：念ㄧ
3. 「的」：念ㄟ（台語）

小秘訣

忘記怎麼念的話，就把兩個母音拆開來
分別念念看，再合起來念。

一起來練習看看下面這些句子和單字吧！

喂？

여보세요?

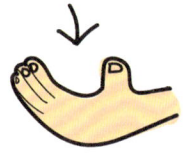
請給我

주세요.

戀人

애인

醫生

의사

椅子

의자

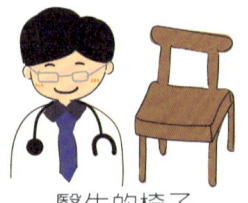
醫生的椅子

의사의 의자

出發韓國前的準備！發音闖關！

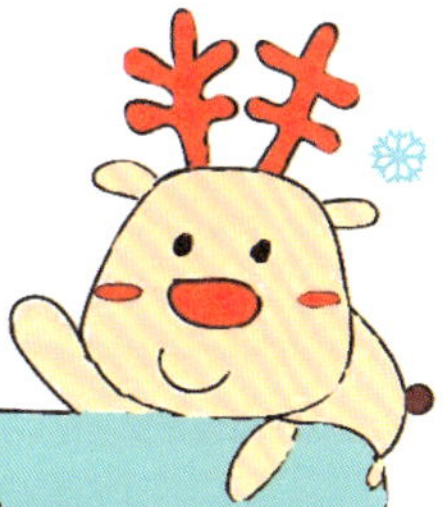

全部的字母都學完了，大家腦袋還裝得下嗎？
現在讓我們一起來挑戰一下！
成功闖過三關的話，就可以出發去韓國旅行囉！

第一關－ 韓國人也會吃葡萄不吐葡萄皮!?

來挑戰念念看下面的繞口令吧！

간장 공장 공장장은 장 공장장이고
된장 공장 공장장은 강 공장장이에요.

醬油工廠的廠長是張廠長，
大醬工廠的廠長是姜廠長。

내가 그린 기린 그림은 잘 그린 기린 그림이고
네가 그린 기린 그림은 잘 못 그린 기린 그림이에요.

我畫的長頸鹿的圖是畫的很好的長頸鹿的圖，
你畫的長頸鹿的圖是畫的不好的長頸鹿的圖。

27

第二關－有朋自遠方來！

除了認識台灣跟韓國之外，也了解一下其他國家的念法吧！

대만	台灣		대만어	台語
한국	韓國		한국어	韓國語
중국	中國		중국어	中國語
일본	日本	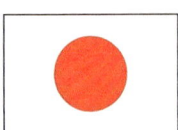	일본어	日本語
영국	英國		영어	英語
미국	美國			

小秘訣
收尾音如果碰到圈圈，要讓它住進去，也就是連音。

第三關－你好！我是台灣人！

最後一關我們要教大家簡單的自我介紹，
強烈建議大家可以把自我介紹的句子背起來，
這樣無論在什麼場合遇到韓國人都可以立刻交到朋友喲！

안녕하세요.
저는 김모모입니다.
저는 대만사람입니다.
한국어를 배우고 있습니다.
만나서 반갑습니다.

안녕히 가세요.
안녕히 계세요.

你好。
我是金小桃。
我是台灣人。
我正在學韓文。
很高興認識你。

再見。（請慢走）
再見。（請好好待著）

小秘訣

안녕히 가세요. 用於對方要走時，請對方走。
안녕히 계세요. 用於對方還要留在原地時，請對方好好待著。

準備好要出發韓國認識韓國朋友了嗎？
讓我們一起搭上飛機準備踏上旅途囉！

같이 한국어를 공부하고 여행가자!

一起學韓文，一起出發去旅行吧！

機場篇 – 不好意思，請給我水！

공항편 - 저기요, 물 좀 주세요.

 **單字 단어**

到韓國遊玩旅行的話，第一關會碰到的挑戰就是機場和飛機上的各種狀況了，讓我們看看這兩個地方會用到的簡單單字吧！

비행기 飛機

주스	果汁	_____	라면	泡麵	_____
커피	咖啡	_____	담요	毛毯	_____
콜라	可樂	_____	물	水	_____

공항 機場

화장실	化妝室	_____	지하철	地下鐵	_____
식당	餐廳	_____	공항버스	機場巴士	_____
면세점	免稅店	_____	은행	銀行	_____

더 많이 알고 싶으면... 更多必備字彙

여권	護照	_____	배터리	電池	_____
짐	行李	_____	출입국 심사표	出入境審查表	_____
휴지	衛生紙	_____	여행	旅行	_____

 **文法 문법** 只要會詢問「有／沒有～（某個物品或地點）」，確認有或沒有之後，再跟對方說「請給我～」，這兩個簡單的文法就可以面對非常多不同的狀況唷。

① N. + 이/가 있어요/없어요. 有／沒有N. + ___

小秘訣
1. 前面搭配有收尾音的單字加이，沒有收尾音的單字加가。
2. 可以這樣記：이有圈圈，是拿來給收尾音住進去〔連音〕的。

커피가 있어요?	有咖啡嗎？
라면이 있어요?	有泡麵嗎？
물이 있어요?	有水嗎？
콜라가 있어요?	有可樂嗎？

○（有的話，回答：）　　×（沒有的話，回答：）
네, 있어요. 是的，有。　　아니요, 없어요. 不，沒有。

 跟著寫

Q：대만사람____ ____?　　A：네, _____.
Q：有台灣人嗎？　　A：是的，有台灣人。

Q：미국사람____ ____?　　A：아니요, _____.
Q：有美國人嗎？　　A：不，沒有美國人。

Q：남자친구____ ____?　　A：아니요, _____.
Q：有男朋友嗎？　　A：不，沒有男朋友。

換你寫

Q：_____？　A：___，_____。

Q：有男生嗎？　　　　A：是的，有。

Q：_____？　A：___，_____。

Q：有水嗎？　　　　　A：不，沒有。

---

② N. + 주세요. 請給我N.

我先寫

커피 주세요.　　_____

물 주세요.　　　_____

주스 주세요.　　_____

라면 주세요.　　_____

換你寫

1. : _____.

　　請給我護照。

2. : _____.

　　請給我行李。

 **對話 대화** 安迪和小桃現在搭上飛機要出發去韓國了。他們在飛機上發生了一些小狀況，讓我們來看看他們需要什麼幫助吧！

앤디: 저기요, 좀 추워요.
 담요가 있어요?
승무원: 네, 있어요.
앤디: 그럼 담요 주세요.
승무원: 여기 있습니다.
앤디: 감사합니다.

 單字

좀	一點
추워요	冷
그럼	那麼
여기	這裡
승무원	空服員

❄ 常用句

저기요.	不好意思。
여기 있습니다.	在這裡。
감사합니다.	謝謝

 換你寫

_____

_____

_____

_____

安迪： 不好意思，有一點冷。
 有毛毯嗎？

空服員： 是的，有。

安迪： 那麼，請給我毛毯。

空服員： 在這裡。

安迪： 謝謝。

모모: 저기요, 콜라가 있어요?
승무원: 죄송합니다.
 콜라가 없어요.
모모: 그럼 커피 좀 주세요.
앤디: 그리고 물 좀 주세요.
승무원: 여기 있습니다.
앤디/모모: 감사합니다.

❄ 單字

콜라	可樂
커피	咖啡
물	水
좀	一點
그리고	還有／而且

❄ 常用句

죄송합니다.　　　抱歉。

 換你寫

小桃：	不好意思，請問有可樂嗎？	_____
空服員：	抱歉，沒有可樂。	_____
小桃：	那麼，請給我咖啡。	_____
安迪：	還有，請給我水。	_____
空服員：	在這裡。	_____
安迪／小桃：	謝謝。	_____

 **現場直擊** 唸唸看這些出現在機場的韓文，你會發現唸出來的那一刻，你就可以猜到它們的意思囉！

考場體驗

Trk 22

1. 聽錄音選出正確的回答。　잘 듣고 맞는 것을 고르세요.

   1. (　　　)　① 네. 있어요.　② 네.주세요.　③ 아니요.없어요.

   2. (　　　)　① 네.없어요.　② 아니요.없어요.　③ 아니요.주세요.

   3. (　　　)　① 네. 주세요.　② 여기 있습니다.　③ 감사합니다.

2. 看圖將正確的句子填入空格。　그림을 보고 빈칸에 써 보세요.

   1. _____ 화장실이 있어요.

      _____ _____이 없어요.

   2. _____가 있어요.

      _____가 없어요.

   3. _____이 있어요.

      _____이 없어요.

   4. 여권 _____.

成果驗收 這一課我們學會了「詢問物品有無」、「向他人拿取物品」,大家都還記得怎麼說嗎?

① 想問對方有沒有這個物品的話,……
N. + 이/가 있어요?

換你寫

_____? 有水嗎?

_____? 有咖啡嗎?

_____? 有廁所嗎?

→ ○ 有的話,會說:네, 있어요.
→ × 沒有的話,會說:아니요, 없어요.

② 想向對方要取某物品的話,……
N. + 주세요.

換你寫

_____. 請給我泡麵。

_____. 請給我護照。

_____. 請給我出入境審查表。

2 小吃篇 – 這個是什麼？
간식편 - 이게 뭐예요?

單字 단어

離開機場之後肚子一定很餓了吧！等不及找間餐廳坐下來的話，先來看看路邊有什麼好吃的小吃吧！

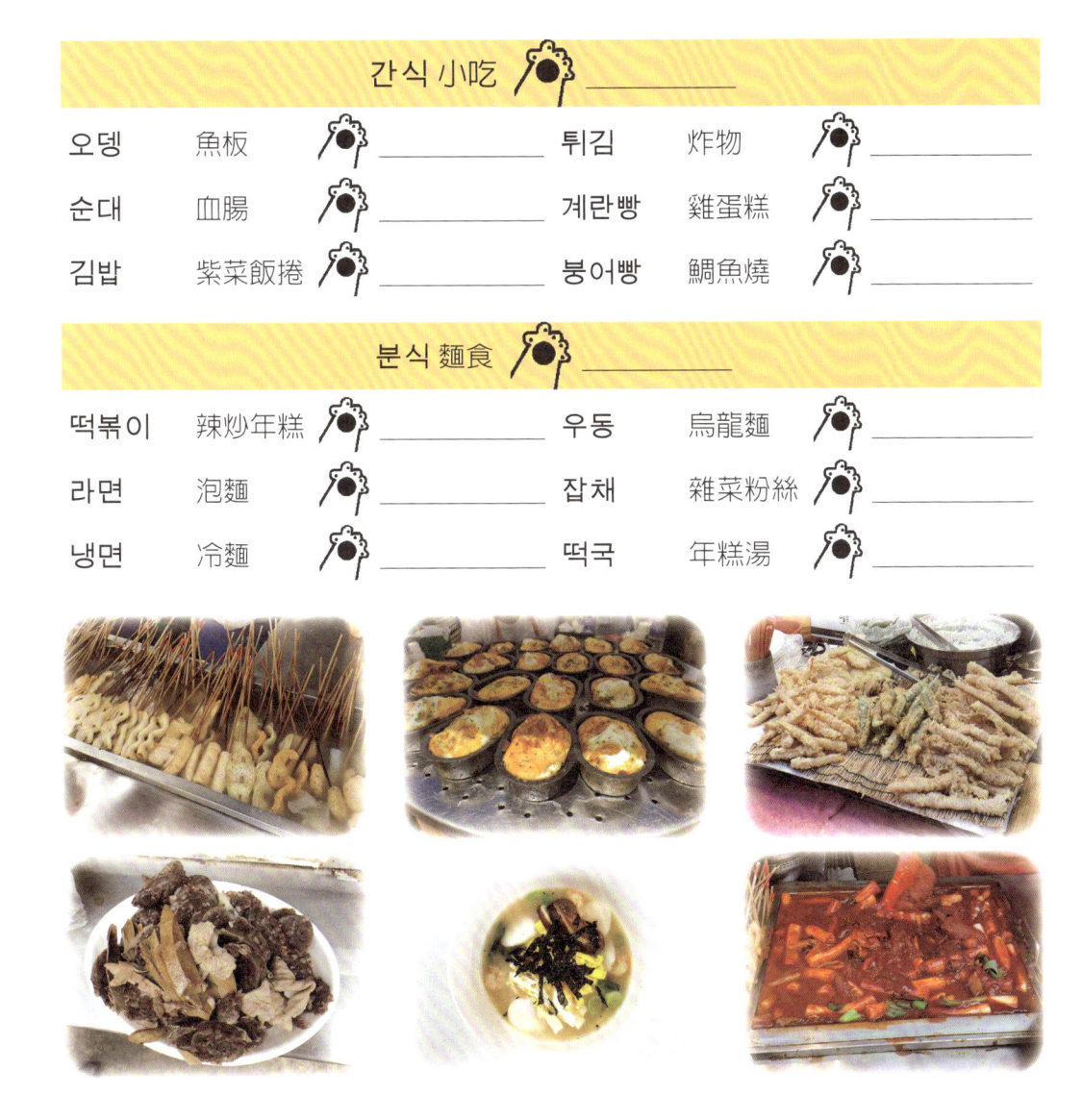

간식 小吃

오뎅	魚板	_____	튀김	炸物	_____
순대	血腸	_____	계란빵	雞蛋糕	_____
김밥	紫菜飯捲	_____	붕어빵	鯛魚燒	_____

분식 麵食

떡볶이	辣炒年糕	_____	우동	烏龍麵	_____
라면	泡麵	_____	잡채	雜菜粉絲	_____
냉면	冷麵	_____	떡국	年糕湯	_____

文法 문법 這一課要教大家「是～」的句型，這是一開始學韓文最常用也最重要的表現方式，舉凡「這個"是"什麼？」「我"是"台灣人」「這"是"多少錢？」都一定會用到喲。

① N. + 예요. /이에요. 是 N.

小秘訣

1. 前面搭配有收尾音的單字加이에요，沒有收尾音的單字加예요。
2. 可以這樣記：이에요的圈圈比較多，是拿來給收尾音住進去（連音）的。

Q：대만사람이에요?
Q：是台灣人嗎？
Q：여자예요?
Q：是女生嗎？
Q：학생이에요?
Q：是學生嗎？
Q：커피예요?
Q：是咖啡嗎？

○（是的話，回答：）　　×（不是的話，回答：）
네, ~. 是的，是～。　　아니요, ~. 不，～（改成正確回答）。

跟著寫

Q：대만사람_____?　　A：네, _____.
Q：是台灣人嗎？　　　　　　　A：是的，是台灣人。
Q：미국사람_____?　　A：아니요, _____.
Q：是美國人嗎？　　　　　　　A：不，是韓國人。
Q：선생님_____?　　　A：아니요, _____.
Q：是老師嗎？　　　　　　　　A：不是，是學生。

換你寫

Q：_____?　　A：_____.
Q：是可樂嗎？　　　　　　　　A：不，是水。
Q：_____?　　A：_____.
Q：是泡麵嗎？　　　　　　　　A：不，是冷麵。

② 이게/그게/저게　這個/那個/那個

這	이	이게	這個（東西）
那	그	그게	那個（東西）
那	저	저게	那個（東西）

→ ① 離說者遠，聽者近的遠方。
→ ② 兩人都看不到的遠方。
→ 指兩人都看得到的遠方。

이게　這個（東西）　　그게　那個（東西） 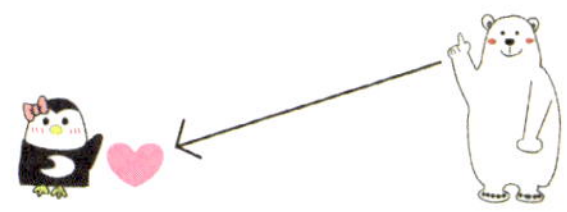　　저게　那個（東西）

그게　那個（東西）

這個 是 什麼？
이게 뭐예요?

跟著寫

Q：이게 뭐예요?　　　　A：그게 밥이에요.
Q：這個是什麼？　　　　A：那個是飯。
Q：저게 뭐예요?　　　　A：저게 _____ _____.
Q：那個是什麼？　　　　A：那個是水。
Q：그게 뭐예요?　　　　A：_____.
Q：那個是什麼？　　　　A：這個是辣炒年糕。

換你寫

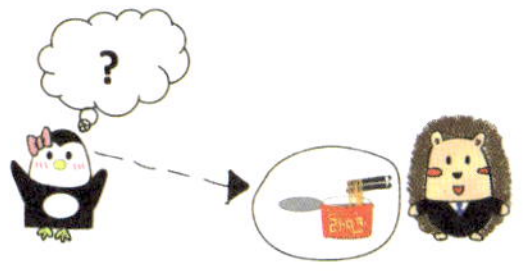

Q：_____ 뭐예요?　　　A：_____.
Q：_____ 뭐예요?　　　A：_____. 

더 많이 알고 싶으면... 更多必備句型

Q：이름이 뭐예요?　　　名字是什麼？
Q：여기가 어디예요?　　這裡是哪裡？

對話 대화 安迪和小桃現在正在路邊的小吃攤，看到了好多台灣沒有的韓國小吃，來看看他們是怎麼詢問攤販的大叔大媽的吧！

Trk 23

앤디: 저기요, 이게 뭐예요?

아줌마: 떡볶이예요.
좀 매워요.

앤디: 그럼 저게 뭐예요?

아줌마: 순대예요. 맛있어요.

앤디: 그럼 하나 주세요.

單字

이게	這個
뭐	什麼
떡볶이	辣炒年糕
순대	血腸
하나	一個（一份）
아줌마	大媽

常用句

매워요.	辣。
맛있어요.	好吃。

換你寫

安迪： 不好意思，這是什麼？

大媽： 是辣炒年糕，有點辣。

安迪： 那麼，那是什麼？

大媽： 是血腸，很好吃。

安迪： 那麼請給我一份。

모모: 저기요. 치즈라면이 있어요?

아저씨: 네, 있어요.

모모: 그럼 치즈라면하고 새우튀김 주세요.

아저씨: 네. 여기 있습니다.

모모: 감사합니다.

아저씨: 맛있게 드세요.

單字

치즈	起司
라면	泡麵
새우	蝦子
튀김	炸物
아저씨	大叔
하고	和

常用句

맛있게 드세요.　　請慢用。

換你寫

小桃： 不好意思，請問有起司泡麵嗎？

大叔： 是的，有。

小桃： 那麼，請給我起司泡麵和炸蝦。

大叔： 好的，在這裡。

小桃： 謝謝。

大叔： 請慢用。

現場直擊 這些小吃攤販的招牌和菜單，現在看起來是不是不那麼陌生了呢？找找我們在這課學過的字吧！

충무김밥　유부초밥
잔치국수　비빔국수
만두국　즉석김밥

전메뉴 포장됩니다

24시

커피, 물, 야채는 셀프입니다

계란빵 1,000
치즈빵 2,000

考場體驗

Trk 25

1. 聽錄音選出正確的回答。 잘 듣고 맞는 것을 고르세요.

　1. (　　　) 이게 뭐예요?

　2. (　　　) 저게 뭐예요?

　3. (　　　) 한국사람이에요?

2. 看圖將正確的句子填入空格。 그림을 보고 빈칸에 써 보세요.

　1. Q：_____ 뭐예요?
　　 A：_____.

　2. Q：_____ 뭐예요?
　　 A：_____.

　3. Q：_____ 뭐예요?
　　 A：_____.

　4. Q：_____ 뭐예요?
　　 A：_____.

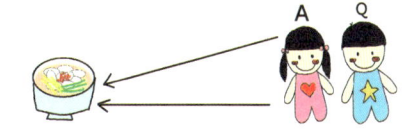

成果驗收 這一課我們學會了詢問「是~」，應用的範圍非常廣泛，大家都能運用自如了嗎？

① 想問對方「是不是~N？」的話，……
N + 예요/이에요?

換你寫

_____? 是韓國人嗎？

_____? 是咖啡嗎？

_____? 是血腸嗎？

→ ○ 是的話，會說：네, N + 예요/이에요.
→ × 不是的話，會說：아니요, N + 예요/이에요（改成正確的）

② 想要詢問「這個／那個」是什麼的話，……
使用 이게/그게/저게

換你寫

_____? 這個是什麼？

_____? 這個是水嗎？

_____? 這個是辣炒年糕嗎？

3

購物篇 – 這T恤多少錢？
쇼핑편 - 이 티셔츠가 얼마예요?

單字 / 단어

旅行最重要的兩件事：吃飽喝足跟大肆血拼！這一課要帶你去買衣服，並且教你最重要的「這個多少錢？」要怎麼說。

옷 衣服

티셔츠	T恤		외투	外套
치마	裙子		코트	大衣
바지	褲子		원피스	洋裝

물건 物品

가방	包包		목도리	圍巾
안경	眼鏡		양말	襪子
모자	帽子		신발	鞋子

사이즈 尺寸

| 큰 사이즈 | 大尺寸 | | 작은 사이즈 | 小尺寸 |

색깔 顏色

분홍색	粉紅色		까만색	黑色
회색	灰色		하얀색	白色
갈색	咖啡色		파란색	藍色
초록색	綠色		노란색	黃色
주황색	橘色		보라색	紫色

文法 문법 韓文的數字分為兩種，一種是念起來很像中文的漢字音，一種是比較難記的純韓文固有語。這一課要教大家比較簡單的漢字音數字，讓大家可以輕鬆聽懂老闆說的到底是多少錢 ☺

① 漢字音數字
用在哪些地方呢：① 價錢 ② 日期 ③ 號碼

我先寫

1	일	6	육
2	이	7	칠
3	삼	8	팔
4	사	9	구
5	오	10	십

換你寫

1 _____ 6 _____
2 _____ 7 _____
3 _____ 8 _____
4 _____ 9 _____
5 _____ 10 _____

② 가격 價格

	寫法	唸法	
百	백		
千	천		
萬	만		+원（元）
十萬	십만	/심만/	
百萬	백만	/뱅만/	
千萬	천만		

小秘訣
① 中文怎麼念，韓文就跟著怎麼念。
② 韓文當中，一百、一千、一萬的「一」在第一個字時不念出來。

我先寫

백 원 一百元	만 원 一萬元
오백 원 五百元	사만구천 원 四萬九千元
천 원 一千元	팔만육천 원 八萬六千元

③ 價格練習

我先寫

1	일	6	육
2	이	7	칠
3	삼	8	팔
4	사	9	구
5	오	10	십

換你寫

1 _____   6 _____
2 _____   7 _____
3 _____   8 _____
4 _____   9 _____
5 _____   10 _____

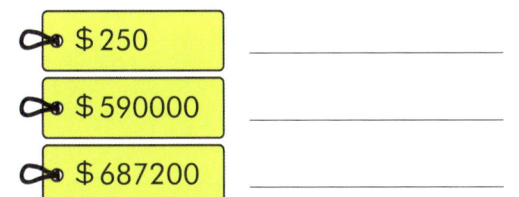

$1500 _____ $250 _____
$3400 _____ $590000 _____
$19000 _____ $687200 _____

④ 얼마 多少 _____

我先寫

얼마예요?　　　　　　　　是多少？（多少錢？）
그게 얼마예요?　　　　　　那個是多少？
이 커피가 얼마예요?　　　　這咖啡是多少？
그 빵이 얼마예요?　　　　　那麵包是多少？

跟著寫

_____ 얼마예요?　　這個是多少？
이 티셔츠_____ _____?　這T恤是多少？
그 안경_____ _____?　那眼鏡是多少？

換你寫

_____?　這帽子是多少？
_____?　這包包是多少？

對話 대화

安迪和小桃來到了有名的高速巴士轉運站地下街,這裡有好多漂亮的衣服跟配件,究竟他們能不能找到想要的東西呢?

Trk 26

앤디: 저기요. 이 티셔츠가 얼마예요?
점원: 5000원이에요.
모모: 그럼 이 치마가 얼마예요?
점원: 이것도 5000원이에요.
모모: 분홍색이 있어요?
점원: 네. 회색도 있어요.
모모: 그럼 회색 좀 보여 주세요.

❄ 單字

티셔츠	T恤	분홍색	粉紅色
치마	裙子	갈색	咖啡色
것	東西	회색	灰色
도	也	점원	店員

❄ 常用句

| 얼마예요? | 多少錢? |
| 보여 주세요. | 請給我看。 |

✏ 換你寫

安迪: 不好意思,這個 T 恤是多少錢?
店員: 是五千元(韓幣)。
小桃: 那麼這個裙子是多少錢?
店員: 這個也是五千元。
小桃: 有粉紅色嗎?
店員: 有,也有灰色的。
小桃: 那請拿灰色給我看。

Trk 27

모모: 언니, 이 원피스 더 큰 사이즈 있어요?

점원: 죄송합니다. 작은 사이즈만 있어요.

모모: 그래요? 아쉽네요.

앤디: 그럼 이 모자는 얼마예요?

점원: 지금 세일중이에요. 전부 10000원이에요.

앤디: 그럼 이 걸로 주세요.

❄ 單字

전부	全部	원피스	洋裝
걸	東西	큰 사이즈	大尺寸
더	更	작은 사이즈	小尺寸
만	只有	세일중	特價中
모자	帽子	언니	姊姊（買衣服時女生互稱）

❄ 常用句

그래요?	是噢？
아쉽네요.	好可惜噢。
이 걸로 주세요.	請給我這個。

換你寫

小桃： 姊姊，請問這個洋裝有更大的尺寸嗎？

店員： 不好意思，只有小的尺寸。

小桃： 是噢，好可惜噢。

安迪： 那這個帽子多少錢？

店員： 現在在特價，全部一萬元。

安迪： 那請給我這個。

現場直擊 這些在衣服堆裡的看板和招牌，上面的字大家都知道什麼意思了嗎？

考場體驗

Trk 28

1. 聽錄音選出正確的回答。　잘 듣고 알맞은 대답을 고르세요.

1. (　　　) 안경이 얼마예요?　$15900

2. (　　　) 코트가 얼마예요?　$230000

3. (　　　) 커피가 얼마예요?　커피 $350

2. 看圖將正確的句子填入空格。　그림을 보고 빈칸에 써 보세요.

앤디 : _____ 바지가 얼마예요?

모모 : 5000원_____.

앤디 : 그럼 _____ 목도리가 얼마예요?

모모 : _____.

앤디 : 그럼 _____ 치마가 _____?

모모 : 10000_____.

成果驗收

這一課我們學會了「詢問價錢、顏色以及尺寸」,大家都能夠分辨清楚嗎?

① 問對方「~是多少錢?」的話,……
物品 + 이/가 얼마예요?

換你寫

_____? 這咖啡多少錢?

_____? 這帽子多少錢?

_____? 這包包多少錢?

② 提到「價錢」的話,使用……
漢字音數字 + 원

換你寫

_____. 一萬元。

_____. 兩萬九千元。

_____. 四千七百元。

③ 想問對方「有沒有不同顏色/尺寸」的話,……
顏色 + 尺寸 + 있어요?

換你寫

_____? 有大的嗎?

_____? 有咖啡色的嗎?

_____? 有灰色的嗎?

4

咖啡廳篇 — 這不是我的咖啡。

커피숍편 - 이건 제 커피가 아니에요.

單字 단어

逛完街之後一定腳很痠了吧,讓我們找一間咖啡店坐下來休息一下,喝點飲料吃些小點心,再繼續下面的旅程吧!

커피 咖啡 _____

아메리카노	美式咖啡 _____	유자차	柚子茶 _____
카페라떼	拿鐵咖啡 _____	핫초코	熱巧克力 _____
카페모카	摩卡咖啡 _____	스무디	果昔 _____
카라멜 마끼아또	焦糖瑪奇朵 _____	홍차	紅茶 _____
카푸치노	卡布奇諾 _____	녹차	綠茶 _____

디저트 甜點 _____

와플	鬆餅 _____	망고빙수	芒果剉冰 _____
허니토스트	蜜糖土司 _____	딸기빙수	草莓剉冰 _____
아이스크림	冰淇淋 _____	치즈케이크	起司蛋糕 _____

55

文法 문법 這一課要教大家「不是～」要怎麼說，還有韓文中「所有格」的概念，都是非常簡單的文法，也讓我們再趁機複習一下很重要的漢字音數字吧！

① N + 의 + N ～的～

我先寫

학생의 가방
學生的包包

친구의 남자친구
朋友的男朋友

선생님의 안경
老師的眼鏡

제 커피
我的咖啡

跟著寫

換你寫

朋友的紅茶

哥哥的冰淇淋

저 + 의 >>> 제 我的

小秘訣
1. 의當作「的」這個意思時，念法跟台語「的」一樣念（ㄟ）。
2. 의在日常對話中很常被省略，沒有講出來也可以。
3. 想要問「誰」、「誰的」，可以在前面加上 누구。

② N. + 이/가 아니에요. 不是N.

我先寫

저는 한국사람이 아니에요.
我不是韓國人。

우리는 친구가 아니에요.
我們不是朋友。

공유는 가수가 아니에요.
孔劉不是歌手。

換你寫

那個不是我的護照（여권）。

這個不是我的行李（짐）。

這個不是我的包包。

③ 複習漢字音數字

上一課教的漢字音數字是非常重要的喲，大家都還記得怎麼拼寫嗎？

我先寫

1	일	6	육
2	이	7	칠
3	삼	8	팔
4	사	9	구
5	오	10	십

換你寫

1 _____   6 _____
2 _____   7 _____
3 _____   8 _____
4 _____   9 _____
5 _____   10 _____

寫了好幾次了，是不是越來越熟了呢？那麼現在寫寫看下面的東西是多少錢吧！

我先寫

홍차가 4000원이에요.

換你寫

치즈_____.

_____이 _____.

_____빙수 _____.

Q：모두 얼마예요?
A：전부 _____.

小秘訣

想要問總共多少錢的話，可以在前面加上전부（全部）、모두（總共）

熊愛企韓國

4 咖啡廳篇─這不是我的咖啡。

對話 대화

安迪和小桃逛街逛累了，於是進入了一間咖啡店休息，但是卻發生了意想不到的小狀況，讓我們看看他們是怎麼跟店員溝通的吧。

Trk 29

점원: 뭐 주문하시겠어요?

앤디: 아메리카노 하나 주세요.

모모: 그리고 딸기빙수 하나 주세요. 모두 얼마예요?

점원: 아메리카노 하나하고 딸기빙수 하나는 13800원이에요.

(잠깐 기다리고)

점원: 아메리카노하고 딸기빙수가 나왔습니다.

앤디: 감사합니다.

점원: 맛있게 드세요.

單字

아메리카노	美式	주문	點菜
그리고	還有／然後	모두	全部
딸기빙수	草莓剉冰	하고	和

常用句

뭐 주문하시겠어요?	請問您要點什麼？
N+이/가 나왔습니다.	（您點的）～好了。
맛있게 드세요.	請慢用。

換你寫

_____ 店員： 請問要點什麼？
_____ 安迪： 請給我一個美式咖啡。
_____ 小桃： 還有請給我一個草莓剉冰。總共多少錢？
_____ 店員： 一個美式咖啡和一個草莓剉冰是13800元。
（稍待片刻之後）
_____ 店員： 美式咖啡和草莓剉冰好了！
_____ 安迪： 謝謝。
_____ 店員： 請慢用。

점원: 뭐 주문하시겠어요?

앤디: 녹차라떼하고 치즈케이크 주세요.

점원: 네. 모두 9700원이에요.

(잠깐 기다리고)

점원: 녹차라떼하고 치즈케이크 나왔습니다.

앤디: 저기요. 이건 제 커피가 아니에요.
이건 고구마라떼예요.
녹차라떼가 아니에요.

점원: 아. 정말 죄송합니다.

單字

녹차라떼	抹茶拿鐵
치즈케이크	起司蛋糕
잠깐	暫時
고구마라떼	地瓜拿鐵
정말	真的

常用句

잠깐만 기다리세요.	請稍等一下。
죄송합니다.	對不起。

換你寫

店員： 請問您要點什麼？

安迪： 請給我抹茶拿鐵和起司蛋糕。

店員： 好的，總共9700元。

（稍待片刻之後）

店員： 抹茶拿鐵和起司蛋糕好了！

安迪： 不好意思，這不是我的咖啡，這是地瓜拿鐵，不是抹茶拿鐵。

店員： 啊，真是抱歉。

現場直擊 這些出現在咖啡廳的韓文字,是不是有點似曾相識的感覺呢?這些菜單和標示都是些什麼意思呢?

COFFEE & LATTE 커피&라떼

品項	Hot	Ice
에스프레소 Expresso	2.5	3.0
아메리카노 Americano	2.5	3.0
카페라떼 Cafe Lattee	3.0	3.5
카푸치노 Cappuccino	3.0	3.5
바닐라/카라멜라떼 Vanilla / Caramel Latte	3.5	4.0
헤즐넛라떼 Hazelnut Latte	3.5	4.0
캬라멜 마끼아또 Caramel Macchiato	3.8	4.3
카페모카 Cafe Mocha	3.5	4.0
아메리치노 Americhino		4.5
사케라또 shakerato		5.0
녹차/홍차/고구마라떼 Green / Black / Sweet Potato Latte	4.0	4.5
블루베리라떼 Blueberry Latte	4.0	4.5

휘핑크림/샷추가 500원 Whipping Cream / With an extra shot

YOGURT SMOOTHIE 요거트스무디

블루베리스무디 Blueberry Smoothie	4.5
플레인스무디 Plain Smoothie	4.5
딸기스무디 Strawberry Smoothie	4.0
망고/키위 스무디 Mango / Kiwi Smoothie	4.0

FRAPPE 프라페

자바칩/모카 프라페 Java Chip / Mocha Feappe	4.5
캬라멜/바닐라 프라페 Caramel / Vanilla Feappe	4.5
그린티/민트쵸코 프라페 Green Tea / Mint Choco Feappe	4.5

Ade 에이드

자몽에이드 Grapefruit Ade	4.5
레몬에이드 Lemon Ade	4.5
블루베리에이드 Blueberry Ade	4.5
망고에이드 Mango Ade	4.5
청포도에이드 Green Grape Ade	4.5
복숭아/레몬 아이스티 Peach / Lemon Ice Tea	3.5

TEA 차

품項	Hot	Ice
코코아 Cocoa	3.5	4.0
허브티 Herb Tea	3.5	4.0
영국홍차 Black Tea	4.0	4.0

티라미수 / 7 레이어 가나슈

레드벨벳 크림치즈 케이크 ₩5,500

考場體驗

Trk 31

1. 聽錄音選出正確的回答。　잘 듣고 알맞은 대답을 고르세요.

1. (　　　)　① 제 친구예요.
　　　　　　② 망고빙수예요.
　　　　　　③ 승무원이에요.

2. (　　　)　① 네. 아이스크림이에요.
　　　　　　② 아니요. 제 아이스크림이에요.
　　　　　　③ 아니요. 앤디 씨가 아니에요.

3. (　　　)　① 모모 씨의 핫초코예요.
　　　　　　② 제 물이에요.
　　　　　　③ 네. 핫초코예요.

2. 看圖將正確的句子填入空格。　그림을 보고 빈칸에 써 보세요.

Q: 누구예요?
A: 모모 씨 ____ 친구_____.
Q: 누구 아이스크림이에요?
A: _____.
Q: 누구 와플이에요?
A: _____.

61

成果驗收 這一課我們學會了「所有格」、「不是～」以及詢問「誰、誰的？」的表現方法，大家都還記得怎麼說嗎？

① 想表示「所有格」的話，……
>> N 의 N

換你寫

_____. 朋友的綠茶

_____. 男朋友的帽子

_____. 我的護照

② 想要表示「不是～～～」的話，……
>> N ＋ 이/가 아니에요.

換你寫

_____. 這個不是我的包包。

_____. 我不是韓國人。

_____. 這個人不是我的朋友。

③ 想要詢問「誰、誰的？」的話，……

換你寫

_____. 這個人是誰？

_____. 這個包包是誰的包包？

5 問路篇 – 化妝室在哪裡？
길 물어보기편 - 화장실이 어디에 있어요?

單字 단어

到了其他的國家遊玩總是難免迷路，但只要知道地點和方向的說法，不用拜託估狗大神也能自己找到出路喲。

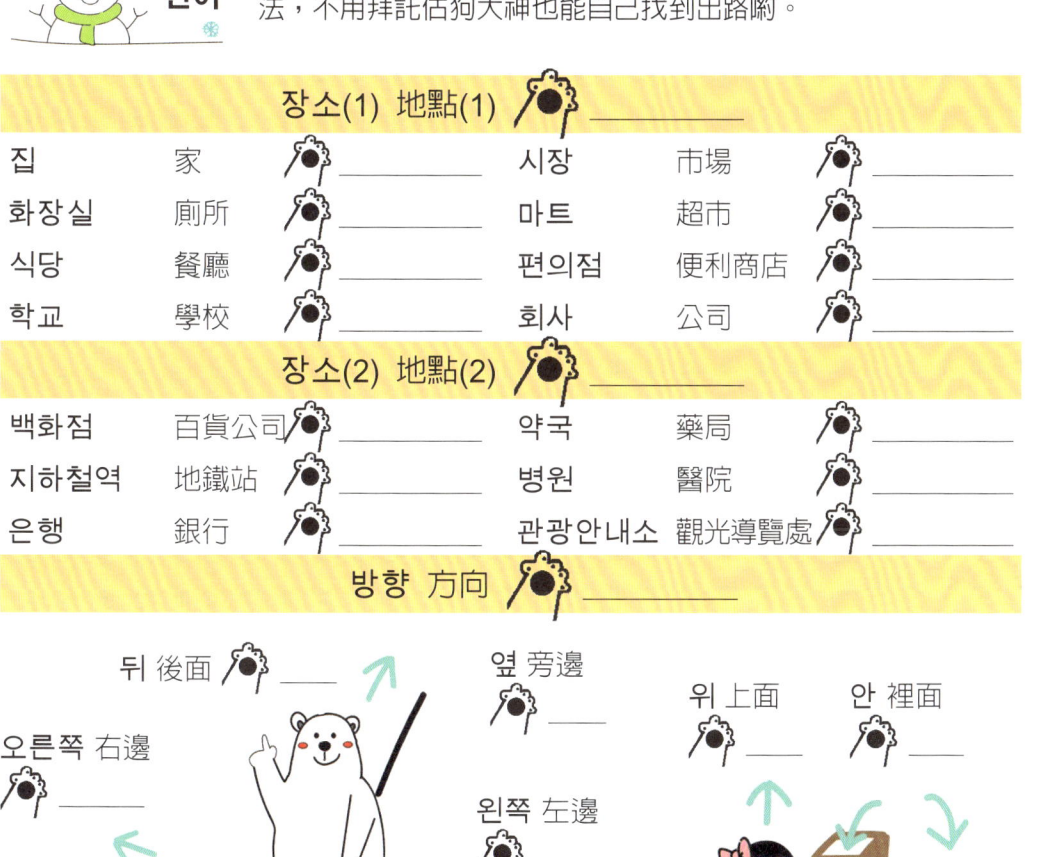

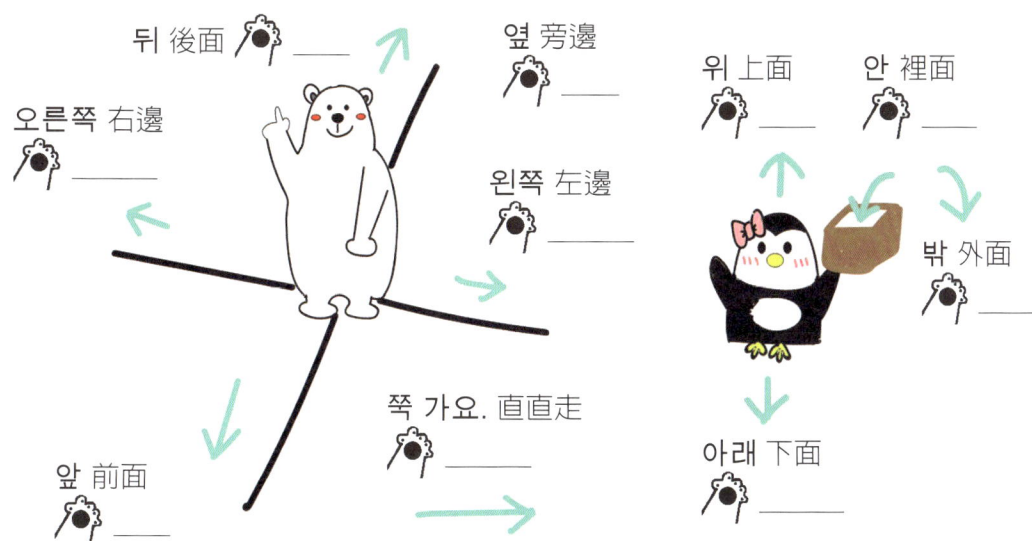

장소(1) 地點(1)

한국어	中文	한국어	中文
집	家	시장	市場
화장실	廁所	마트	超市
식당	餐廳	편의점	便利商店
학교	學校	회사	公司

장소(2) 地點(2)

한국어	中文	한국어	中文
백화점	百貨公司	약국	藥局
지하철역	地鐵站	병원	醫院
은행	銀行	관광안내소	觀光導覽處

방향 方向

- 뒤 後面
- 옆 旁邊
- 위 上面
- 안 裡面
- 오른쪽 右邊
- 왼쪽 左邊
- 밖 外面
- 쭉 가요. 直直走
- 앞 前面
- 아래 下面

熊愛企韓國

5 問路篇－化妝室在哪裡？

63

文法 문법 這課要教大家「詢問地點及方向」，會使用到「在～」和「往～」的表現方法，後面可以填入場所或是方位，讓你不只會問路，也可以聽懂韓國路人的回答喲。

① N. + 에 있어요/없어요. 在／不在 N.

小秘訣
에有很多意思，在這邊是「在」的意思。

집에 있어요.	在家。
회사에 있어요.	在公司。
앞에 있어요.	在前面。
왼쪽에 있어요.	在左邊。

跟著寫

한국____ _____.　在韓國。
시장____ _____.　在市場。

換你寫

_____.　在台灣。
_____.　在右邊。

② 어디 哪裡 _____
어디에 있어요? 在哪裡？
>> N + 이/가 어디에 있어요? N（人、地點、物品）在哪裡？

我先寫

Q：화장실이 어디에 있어요?　　A：앞에 있어요.
Q：廁所在哪裡？　　　　　　　A：在前面。
Q：친구가 어디에 있어요?　　　A：한국에 있어요.
Q：朋友在哪裡？　　　　　　　A：在韓國。

跟著寫

Q : _____이 어디에 있어요?
A : _____에 _____.

Q : _____가 어디에 있어요?
A : _____에 _____.

Q : _____가 어디에 있어요?
A : 책상 ____에 _____.

③ 方向 + 로/으로 가세요. 方向 + _____

小秘訣
1. 로/으로，是「往」的意思，表示「往」前面提到的方向或地點「移動」。
2. 쭉是「直直地」的意思，不是方向，所以不需要加「로/으로（往）」。

我先寫

오른쪽으로 가세요.　　請往右走。
뒤로 가세요.　　　　　請往後走。
쭉 가세요.　　　　　　請直直走。

跟著寫

_____
_____
_____

跟著寫

왼쪽____ 가세요.　　請往左走。
앞____ 가세요.　　　請往前走。

_____
_____

對話 대화

安迪尿急卻找不到廁所，只好趕快尋求路人的幫助，究竟他們能不能順利找到想去的地方呢？

Trk 32

앤디: 실례합니다. 이 근처에 화장실이 있어요?

행인: 10분쯤 쭉 가세요.
앞에 약국이 있어요.
약국 옆에 백화점이 있어요.
백화점 안에 화장실이 있어요.

앤디: 정말 감사합니다.

單字

근처	附近	약국	藥局
분	分	옆	旁邊
쯤	左右	백화점	百貨公司
화장실	化妝室	안	裡面
쭉	直直地	행인	行人
앞	前面		

常用句

실례합니다.　不好意思。

換你寫

_____　安迪：不好意思，這附近有廁所嗎？

_____　路人：直直走十分鐘左右，

_____　　　　前面有藥局，

_____　　　　藥局旁邊有百貨公司，

_____　　　　百貨公司裡面有廁所。

_____　安迪：真是謝謝。

모모: 저기요. 롯데마트가 어디에 있어요?

행인: 저기 은행에서 오른쪽으로 가세요.
그 다음에 200미터쯤 쭉 가세요.

모모: 그럼 그 근처에 지하철역이 있어요?

행인: 네. 서울역이 마트 옆에 있어요.

모모: 알겠어요. 감사합니다.

❄ 單字

롯데마트	樂天超市	은행	銀行
오른쪽	右邊	미터	公尺
그 다음에	接下來	옆	旁邊
지하철역	地下鐵站	서울역	首爾站

❄ 常用句

알겠어요.	我知道了

換你寫

小桃： 不好意思，樂天超市在哪裡？ ＿＿＿＿＿＿＿＿＿＿＿

路人： 在那邊的銀行向右轉，
然後直走兩百公尺左右。 ＿＿＿＿＿＿＿＿＿＿＿

小桃： 那麼在那附近有地鐵站嗎？ ＿＿＿＿＿＿＿＿＿＿＿

路人： 有，首爾站在超市旁邊。 ＿＿＿＿＿＿＿＿＿＿＿

小桃： 我知道了，謝謝。 ＿＿＿＿＿＿＿＿＿＿＿

現場直擊 唸唸看這些樂天集團的相關韓文，你知道他們是樂天百貨？樂天超市？還是樂天電影院嗎？

考場體驗

Trk 34

1. 聽錄音選出正確的回答。 잘 듣고 맞는 것을 고르세요.

1. (　　)　① 마트 앞에 있어요.
　　　　　② 마트 옆에 있어요.
　　　　　③ 시장 옆에 있어요.

2. (　　)　① 집 옆에 있어요.
　　　　　② 은행 오른쪽에 있어요.
　　　　　③ 은행 왼쪽에 있어요.

3. (　　)　選出正確的。

2. 看圖將正確的句子填入空格。 그림을 보고 질문에 답하세요.

1. Q : 모모 씨가 어디에 있어요?
　　A : _____.

2. Q : 화장실이 어디에 있어요?
　　A : _____.

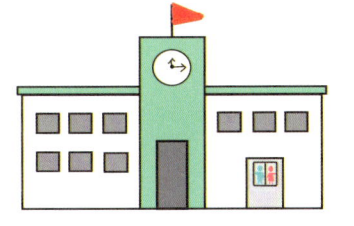

3. Q : 학교가 어디에 있어요?
　　A : _____.

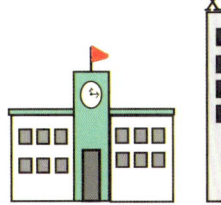

成果驗收

這一課我們學會了「詢問地點及方向」、以及表示「請往～走」的表現方法，現在是不是都能夠正確地使用了呢？

> ① 想表示「在～（地點或方位）」的話，……
> >> N + 이/가 어디에 있어요?

換你寫

_____? 廁所在哪裡？

_____? 超市在哪裡？

_____? 老師在哪裡？

> ② 想要表示「請往～走」的話，……
> >> N + (으)로 가세요

換你寫

_____. 請往前走。

_____. 請往右轉。

_____. 請往左轉。

_____. 請往前走十分鐘。

_____. 請直直走。

6

餐廳篇 – 請再給我們一點小菜。

식당편 - 여기 반찬 좀 더 주세요.

單字 단어

旅行當中最不可或缺的就是吃一頓好料的！這邊要教大家幾道代表性的韓國料理以及餐廳內的餐具要怎麼說。

한국요리(1) 韓國料理(1)

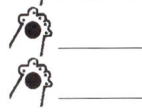

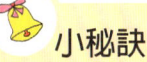

비빔밥	拌飯	삼계탕	人蔘雞湯
냉면	冷麵	치킨	炸雞
해물파전	海鮮煎餅	된장찌개	大醬湯

小秘訣
點這邊的食物，可以使用這課教「固有語數字」加上「개（個）」。
ex. 비빔밥 2(두) 개 주세요. 請給我兩個拌飯。

한국요리(2) 韓國料理(2)

한우	韓牛	불고기	銅盤烤肉
찜닭	安東燉雞	삼겹살	烤五花肉
부대찌개	部隊鍋	감자탕	馬鈴薯排骨湯

小秘訣
點這邊的食物，可以使用之前教的「漢字音數字」加上「인분（人份）」
ex. 삼겹살 2(이) 인분 주세요. 請給我兩人份的烤肉。

식기 餐具

젓가락	筷子	가위	剪刀
숟가락	湯匙	공기	碗
포크	叉子	접시	盤子
나이프	刀子	컵	杯子

文法 문법

這課要教大家比較不好記的「純韓文數字」，以及「量詞」的概念，使用時要小心別跟漢字音的數字搞混囉。

① 純韓文數字
用在哪些地方呢？：1. 數數 2. 個數 3. 幾點幾分 4. 年紀

我先寫

1	하나	6	여섯
2	둘	7	일곱
3	셋	8	여덟
4	넷	9	아홉
5	다섯	10	열

換你寫

1 _____   6 _____
2 _____   7 _____
3 _____   8 _____
4 _____   9 _____
5 _____   10 _____

② 量詞

	個	瓶	張	/盞/杯	/名/碗	個人
하나→한	개	병	장	잔	그릇	명

둘→두
셋→세   (脫落)
넷→네
다섯→다섯
⋮
열

我先寫

1個拌飯　　　　2個麵包　　　　3張票
비빔밥 한 개　　빵 두 개　　　　표 세 장

跟著寫

4個女生　　　　5碗冷麵　　　　6個杯子
여자_____　　냉면_____　　　컵_____

7杯咖啡　　　　8個朋友　　　　9瓶可樂

_____　　　　_____　　　　_____

72

③ 몇 幾 _____

我先寫

몇 개 있어요? = 몇 개예요?　　有幾個？（是幾個？）

몇 명 있어요? = 몇 명이에요?　　有幾個人？（是幾個人？）

尊敬的問法：몇 분이세요?　　　請問是幾位？

跟著寫

Q：표가 몇 장 있어요?
A：표가 ____ ____ _____.

Q：물이 몇 병 있어요?
A：물이 ____ ____ _____.

換你寫

Q：가방이 몇 개 있어요?
A：_____.

Q：친구가 몇 명 있어요?
A：_____.

對話 대화

肚子餓的安迪和小桃來到了一間韓國餐廳,從進門、入座、點菜到結賬,讓我們來看看他們是怎麼跟服務生溝通的吧!

Trk 35

웨이터: 어서 오세요. 몇 분이세요?
앤디: 2명이에요. 자리가 있어요?
웨이터: 네. 여기 앉으세요.
(메뉴판 좀 보고)
앤디: 저기요. 주문이요.
웨이터: 뭐 주문하시겠어요?
앤디: 비빔밥 2개하고 김치찌개 하나 주세요.
웨이터: 네. 잠시만 기다리세요.

單字

웨이터	服務生	자리	位子
메뉴판	菜單	주문	點菜
비빔밥	拌飯		
김치찌개	泡菜鍋		

常用句

어서 오세요.	歡迎光臨。
앉으세요.	請坐。
뭐 주문하시겠어요?	請問要點什麼?
잠시만 기다리세요.	請稍等

換你寫

服務生: 歡迎光臨。請問幾位?
安迪: 兩個人,有位子嗎?
服務生: 有,請坐這裡。
(看了一下菜單)
安迪: 不好意思,點菜。
服務生: 請問您要點什麼呢?
安迪: 請給我兩個拌飯和一個泡菜鍋。
服務生: 好的,請稍等一下。

앤디: 저기요. 여기 물컵이 없어요.
　　　물컵 2 개 좀 주세요.
모모: 그리고 여기 반찬 좀 더 주세요.
웨이터: 알겠어요.
(다 먹고 나서)
앤디: 저기요. 계산이요.
웨이터: 모두 38000원이에요.
모모: 영수증 좀 주세요.
웨이터: 여기 있습니다. 안녕히 가세요.

❄ 單字

물컵	水杯	도	也
그리고	還有／然後	더	更
모두	全部	반찬	小菜
영수증	發票/收據	계산	結賬

❄ 常用句

안녕히 가세요.　　請慢走。

換你寫

安迪：　　不好意思，這裡沒有水杯，請給我兩個水杯。
小桃：　　還有請再給我們一點小菜。
服務生：　我知道了。
（都吃完後）
安迪：　　不好意思，結賬。
服務生：　總共三萬八千元。
小桃：　　請給我收據。
服務生：　在這裡，請慢走。

現場直擊 現在單看這些韓國的美食店家招牌們，知道是賣什麼食物了嗎？

考場體驗

Trk 37

1. **聽錄音選出正確的回答。** 잘 듣고 알맞은 대답을 고르세요.

1. (　　)　① 2분이에요.
　　　　　② 2개예요
　　　　　③ 2명이에요.

2. (　　)　① 네. 감사합니다.
　　　　　② 된장찌개 하나 주세요.
　　　　　③ 영수증 좀 주세요.

3. (　　)　① 안녕하세요.
　　　　　② 안녕히 계세요.
　　　　　③ 여기 있습니다.

2. **看圖將正確的句子填入空格。** 그림을 보고 질문에 답하세요.

Q : 커피가 몇 잔 있어요?

A : _____.

Q : 숟가락이 몇 개 있어요?

A : _____.

Q : 짜장면이 몇 그릇 있어요?

A : _____.

成果驗收 這一課我們學會了「純韓文數字」,以及「量詞」的表現方法,大家都記起來了嗎?

① 想表示「物品的個數」的話,……
>> N + 純韓文數字 + 量詞

換你寫

_____. 請給我一個拌飯。

_____. 請給我兩張票。

_____. 請給我三杯水。

② 想要「詢問個數」的話,……
>> 몇 + 量詞 + 있어요? / 예요?

換你寫

_____. 有幾個台灣人?

_____. 請問幾位?

_____. 有幾個行李?

_____. 有幾瓶水?

7

飯店篇 – 早餐時間是從幾點到幾點呢?

호텔편 - 아침식사 시간은 몇 시부터 몇 시까지예요?

單字 단어

跑行程跑累了就該回到飯店休息囉!這課除了教大家飯店的相關單字,也會教大家一周七天的說法喲。

숙소 宿所 _____

호텔	飯店	_____	더블룸	雙人房	_____
호스텔	青年旅社	_____	싱글룸	單人房	_____
민박	民宿	_____	가족룸	家庭房	_____

요일 星期 _____

월요일	星期一	_____	금요일	星期五	_____
화요일	星期二	_____	토요일	星期六	_____
수요일	星期三	_____	일요일	星期日	_____
목요일	星期四	_____	주말	週末	_____

시간 時間 _____

아침	早上	_____	점심	中午	_____
저녁	晚上	_____	오후	下午	_____

文法 문법

這課要教大家「時間的說法」,算是數字表現當中比較困難的一環,前面要使用純韓文,後面要使用漢字音,頭腦必須轉換的很快才行喲。

① 韓文數字／漢字音數字複習

我先寫

比較難　　像中文

	純韓文	漢字音		純韓文	漢字音
1	하나	일	6	여섯	육
2	둘	이	7	일곱	칠
3	셋	삼	8	여덟	팔
4	넷	사	9	아홉	구
5	다섯	오	10	열	십

換你寫

	純韓文	漢字音		純韓文	漢字音
1	___	___	6	___	___
2	___	___	7	___	___
3	___	___	8	___	___
4	___	___	9	___	___
5	___	___	10	___	___

② 시간 時間

```
__시      __분
/時/      /分/
한         오
두         십
세         십오
네         이십
다섯       삼십
……        =반
열한
열두
```

02:00 — 2 시 /두/

05:10 — 5 시 10 분 /다섯/ /십/

01:05 — 1 시 5 분 /한/ /오/

11:00 — ____시

03:15 — ____시____분

07:30 — ____시____분 = ____시 반

06:20 — _____

12:40 — _____

09:25 — _____

③ 언제 何時／몇 시 幾點

언제예요? 　　　　　　　　　　是什麼時候？
수업이 언제예요? 　　　　　　　課是什麼時候？
몇 시예요? 　　　　　　　　　　是幾點？
지금 몇 시예요? 　　　　　　　　現在是幾點？

🔔 小秘訣

수업是「課」的意思，「授業」的漢字音，想想韓愈說的「師者，傳道授業解惑也。」就可以記起來囉。

跟著寫

Q：한국어 수업이 언제예요?　韓文課是什麼時候？
A：한국어 수업이 ____요일 _____.　韓文課是禮拜_____。

Q：영어 수업이 _____예요?　英文課是幾點？
A：영어 수업이 _____시_____.　英文課是八點。

④ 時間A 부터 時間B 까지　從A到B

🔔 小秘訣

「부터」是「從」的意思，「까지」是「到」的意思，可以分開用也可以一起用。

我先寫

Q：몇 시부터 몇 시까지 한국어 수업이 있어요?　幾點到幾點有韓文課呢？
A：6시 반부터 9시 반까지 한국어 수업이 있어요.　從六點半到九點半有韓文課。

跟著寫

Q：_____ _____ 영어_____이 있어요?　從幾點到幾點有英文課？
A：_____ 9시_____ _____1시_____ 영어 수업이 있어요.　從早上九點到下午一點有英文課。

換你寫

Q：_____?　什麼時候在公司？
A：_____.　從禮拜一到禮拜五在公司。

對話 대화

吃飽喝足的安迪和小桃發現原本訂好的飯店房間出了差錯，只好臨時打電話重訂一間，究竟他們今天有沒有溫暖的床鋪可以休息呢？

Trk 38

앤디： 여보세요? 신촌 호텔이에요?

호텔직원： 네. 신촌 호텔입니다.

앤디： 혹시 오늘부터 수요일까지 방이 있어요?

호텔직원： 네. 더블룸하고 싱글룸이 있어요. 예약하시겠어요?

앤디： 다행이에요. 그럼 더블룸으로 예약해 주세요.

❄ 單字

신촌 호텔	新村飯店	오늘	今天
~ 부터	從~	방	房間
~ 까지	到~	예약	預約
더블룸	雙人房	싱글룸	單人房

❄ 常用句

여보세요?	喂？（講電話時用）
예약하시겠어요?	您要預約嗎？（訂房或訂餐廳時用）
예약해 주세요.	請幫我預約。
다행이에요.	真是幸好、太好了。

✍ 換你寫

安迪： 喂？是新村飯店嗎？

飯店職員： 是的，是新村飯店。

安迪： 請問從今天到禮拜三有房間嗎？

飯店職員： 有的，有雙人房和單人房。您要預約嗎？

安迪： 太好了，那請幫我預約雙人房。

모모: 체크인이요.

호텔직원: 성함이 어떻게 되세요?

모모: 김모모입니다.

호텔직원: 여권 좀 주세요.

(잠깐 기다리고)

모모: 아. 아침식사 시간은 몇 시부터 몇 시까지예요?

호텔직원: 7시부터 9시 30분까지예요.

모모: 식당이 어디에 있어요?

호텔직원: 지하 1층에 있어요.

❄ 單字

체크인	check in	식사	餐
성함	大名	시간	時間
여권	護照	지하	地下
아침	早上、早餐	층	樓層

❄ 常用句

성함이 어떻게 되세요?　請問大名是？

換你寫

小桃：　　check in。

飯店職員：　請問大名是？

小桃：　　我是金小桃。

飯店職員：　請給我護照。

（稍等一下之後）

小桃：　　啊,早餐時間是從幾點到幾點呢？

飯店職員：　從七點到九點半。

小桃：　　餐廳在哪裡？

飯店職員：　在地下一樓。

現場直擊 現在看到很多寫有韓文字的標示牌,除了靠猜測之外,是不是更能有自信地確定是什麼意思呢??

考場體驗

Trk 40

1. **聽錄音選出正確的回答。** 잘 듣고 알맞은 대답을 고르세요.

   1. (　　)　지금 몇시예요?
   2. (　　)　언제 한국에 있어요?
   3. (　　)　예약하시겠어요?

2. **看圖回答問題。** 그림을 보고 질문에 답하세요.

   Q：몇 시부터 몇 시까지 일본어 수업이 있어요?
   A：＿＿＿＿＿＿＿＿＿＿＿＿＿＿＿＿＿＿＿．

   Q：지금 몇 시예요?
   A：＿＿＿＿＿＿＿＿＿＿＿＿＿＿＿＿＿＿＿．

   Q：오늘이 무슨 요일이에요?
   A：＿＿＿＿＿＿＿＿＿＿＿＿＿＿＿＿＿＿＿．

成果驗收 這一課我們學會了「時間的表示方法」」，以及「詢問時間」的句型，大家的頭腦是不是快打結了呢？讓我們繼續加油吧！

> ① 想表示「幾點幾分」的話，……
> >> 純韓文數字 + 시
> >> 漢字音數字 + 분

換你寫

_____. 兩點二十分。

_____. 三點四十分。

_____. 十一點十一分。

> ② 想要「詢問時間」的話，……
> >> 使用「몇 시」問「幾點」，「언제」問「何時」

換你寫

_____. 現在是幾點？

_____. 什麼時候在台灣？

_____. 什麼時候有韓文課？

> ③ 想表示「從～到～（一段時間）」的話，……
> >> 使用「~부터~까지」

換你寫

_____. 從十點到十二點有韓文課。

_____. 從禮拜二到禮拜六在韓國。

_____. 從早上到下午在學校。

8

交通篇 – 不好意思,明洞要怎麼去?
교통편 - 실례합니다. 명동으로 어떻게 가요?

單字 단어

想要到達一個目的地,可以使用很多不同的交通方式,如果不知道怎麼去最方便最快速的話,那就直接問問當地人吧。

교통 交通

자동차	汽車	_____	배	船	_____
기차	火車	_____	지하철	地下鐵	_____
버스	公車	_____	오토바이	機車	_____
고속버스	客運	_____	비행기	飛機	_____
택시	計程車	_____	자전거	腳踏車	_____

시간 時間

오늘	今天	_____	내일	明天	_____
어제	昨天	_____			

文法 문법

這課要教大家除了點與點的時間之外，如何表示「花多少時間」，以及「用什麼交通工具移動」的句型，和「表示在地點間移動」的說法。

① 純韓文數字／漢字音數字複習

我先寫

比較難　　像中文

	純韓文	漢字音		純韓文	漢字音
1	하나	일	6	여섯	육
2	둘	이	7	일곱	칠
3	셋	삼	8	여덟	팔
4	넷	사	9	아홉	구
5	다섯	오	10	열	십

換你寫

	純韓文	漢字音		純韓文	漢字音
1	____	____	6	____	____
2	____	____	7	____	____
3	____	____	8	____	____
4	____	____	9	____	____
5	____	____	10	____	____

② 時間 + 걸려요. 花～（時間）

- 일 1초　1秒
- 일 1분　1分
- 한 1시간　1小時
- 하루(1天)　이틀(2天)　삼일(3天)　+ 걸려요
- 일 1주일　1週
- 한 1달　1個月
- 일 1년　1年　/일련/

小秘訣

걸려요是「花」的意思，只能用在「花時間」，不能用在「花錢」喲。

花十秒。　　　　　　花20分鐘。
십 초 걸려요.　　　이십 분 걸려요.

花五天。　　　　　　花四年。
오 일 걸려요.　　　사 년 걸려요.

跟著寫

花一小時。　　　　花四小時。　　　　花一周。　　　　花三周。
_____ 걸려요.　네 시간 _____.　_____ 걸려요.　삼주일 _____.

換你寫

花兩小時。　　　　花兩個月。
_____.　_____.

> **小秘訣**
> 要問花多少時間，可以說：
> 「시간이 얼마나 걸려요?」

③ N + 로/으로 가요. 用～去。（搭～交通工具移動）

我先寫

비행기로 가요.　用飛機去。
자동차로 가요.　用車子去。

跟著寫

기차____ _____.　用火車去。
지하철____ _____.　用地鐵去。

換你寫

_____.　用船去。
_____.　用公車去。

> **小秘訣**
> 1. 「로」這個助詞是「用」的意思，前面的名詞可以是手段、方法、工具。
> 2. 有收尾音加으連音，收尾音是ㄹ則不用加。

> **小秘訣**
> 如果是走路去可以說「걸어서 가요.」

④ 地點A 에서 地點B 까지　從A到B

我先寫

대만에서 한국까지 비행기로 가요.　從台灣到韓國搭飛機去。
집에서 회사까지 30분 걸려요.　從家到公司花30分鐘。

> **小秘訣**
> 「에서」是「從」的意思，「까지」是「到」的意思，可以分開用也可以一起用。

跟著寫

집____ 학교____ 버스____ 가요.
從家裡到學校搭公車去。
서울____ 부산_____ 5시간 _____.
從首爾到釜山花五個小時。

換你寫

_____
從家到超市騎（用）機車去。
_____
從台灣到日本花兩個半小時。

對話 대화

在飯店稍作休息之後,安迪和小桃想要去有名的明洞參觀,也想去外縣市的全州看看有名的韓屋村,來看看他們如何詢問飯店職員要怎麼去吧!

Trk 41

앤디: 실례합니다. 명동으로 어떻게 가요?
호텔직원: 지하철로 가세요.
앤디: 여기에서 지하철역까지 가까워요?
호텔직원: 좀 멀어요. 30분쯤 쭉 가세요.
앤디: 그럼 전주로 어떻게 가요?
호텔직원: 고속버스로 가세요.

單字

명동	明洞	멀어요	遠
어떻게	如何	전주	全州
지하철역	地鐵站	고속버스	客運
가까워요	近		

常用句

실례합니다. 不好意思

換你寫

_____ 安迪: 不好意思,往明洞要怎麼去?
_____ 飯店職員: 請搭地鐵去。
_____ 安迪: 從這裡到地鐵站近嗎?
_____ 飯店職員: 有一點遠,請直走30分鐘左右。
_____ 安迪: 那往全州要怎麼去呢?
_____ 飯店職員: 請搭客運去。

매표소 직원: 어디로 가세요?

모모: 전주로 가요.
오후 4시 45분 표 주세요.

매표소 직원: 몇 분이세요?

모모: 2 명이에요.

매표소 직원: 서울에서 전주까지, 우등석 2장,
모두 37400원이에요.

모모: 그런데 서울에서 전주까지 멀어요?

매표소 직원: 3시간쯤 걸려요.

單字

매표소	售票處	전주	全州
우등석	優等席	오후	下午
그런데	但是	표	票
걸려요	花（時間）		

常用句

어디로 가세요?　　請問要去哪裡？

換你寫

售票處職員：　請問要去哪裡？

小桃：　　　　要去全州，請給我下午4點45的票。

售票處職員：　請問幾位？

小桃：　　　　兩個人。

售票處職員：　從首爾到全州，兩張優等席，總共37400元。

小桃：　　　　從首爾到全州遠嗎？

售票處職員：　大概花三個小時左右。

現場直擊 辨認跟交通有關的指示牌是旅行中不可或缺的,如果看得懂韓文,會比找小字的英文或中文來的更節省時間喲!

考場體驗

Trk 43

1. 聽錄音選出正確的回答。　잘 듣고 알맞은 대답을 고르세요.

1. (　　)　① 지하철로 가요.
　　　　　② 비행기로 가요.
　　　　　③ 자전거로 가요.

2. (　　)　① 아니요. 가까워요.
　　　　　② 네. 걸어서 가요.
　　　　　③ 아니요. 배로 가요.

3. (　　)　① 1분 걸려요.
　　　　　② 2시간 반 걸려요.
　　　　　③ 3년 걸려요.

2. 看圖回答問題。　그림을 보고 질문에 답하세요.

Q：집에서 공항까지 어떻게 가요?
A：＿＿＿＿＿＿＿＿＿＿＿＿＿＿＿＿＿＿＿＿.

Q：집에서 공항까지 시간이 얼마나 걸려요?
A：＿＿＿＿＿＿＿＿＿＿＿＿＿＿＿＿＿＿＿＿.

Q：집에서 공항까지 멀어요?
A：＿＿＿＿＿＿＿＿＿＿＿＿＿＿＿＿＿＿＿＿.

成果驗收

這一課我們學會了「花多少時間」、「用不同交通工具移動」，和「表示在地點間移動」的不同句型，大家都記起來了嗎？

① 想表示「花多少時間」的話，……
>> 時間 + 걸려요

換你寫

_____. 花十分鐘。

_____. 花兩個小時。

_____. 花四年。

② 想要說明「用～交通工具移動」的話，……
>> 交通工具 + (으)로

換你寫

_____. 搭飛機去。

_____. 搭地鐵去。

_____. 搭公車去。

③ 想表示「從～到～（地點）」的話，……
>> 使用「～에서～까지」

換你寫

_____. 從台灣到日本花四個小時。

_____. 從首爾搭客運去全州。

_____. 從公司到便利商店花10分鐘。

9

烤肉店篇 — 請再給我們兩人份的烤五花肉。

고기집편 - 여기 삼겹살 2인분 좀 더 주세요.

單字 단어

這一課要教大家在烤肉店會看到的好吃食物以及不同部位的肉要怎麼說,再也不會點到自己不想吃的東西囉。

고기류 肉類

삼겹살	五花肉		껍데기	豬皮	
갈비	排骨		갈매기살	豬橫隔膜	
목살	梅花肉		꽃등심	肋眼	
항정살	豬頸肉		곱창	小腸	

식사류 餐點類

공기밥	白飯		주먹밥	小飯糰	
볶음밥	炒飯		계란찜	蒸蛋	

음료수 飲料

맥주	啤酒		사이다	汽水	
막걸리	馬格利酒		환타	芬達	

文法 문법 這課要幫大家複習所有數字的綜合用法,也是最後一課以數字為主題的單元,趁現在把還搞不清楚的部分一次釐清吧!

① 純韓文數字／漢字音數字複習

我先寫

比較難 | 像中文

	純韓文	漢字音		純韓文	漢字音
1	하나	일	6	여섯	육
2	둘	이	7	일곱	칠
3	셋	삼	8	여덟	팔
4	넷	사	9	아홉	구
5	다섯	오	10	열	십

換你寫

	純韓文	漢字音		純韓文	漢字音
1	___	___	6	___	___
2	___	___	7	___	___
3	___	___	8	___	___
4	___	___	9	___	___
5	___	___	10	___	___

② 가격

百萬	十萬	萬	千	百
백만	십만	만	천	백

③ 시간

時	分
시	분

跟著寫

$15000 — 만오천 원
$27600 — 이만칠천육백 원
$10000 — _____
$4900 — _____
$58000 — _____
$264800 — _____

08:50 — 여덟 시 오십 분
09:30 — 아홉 시 반
12:00 — _____
05:30 — _____
11:45 — _____
03:20 — _____

④ N 하고 N　N和N

小秘訣
就像中文一樣，韓文中要連接兩個名詞，有很多不同的說法。

例如：
我和朋友一起玩（最常見）
我跟朋友一起玩（最口語）
我與朋友一起玩（書面語）

和	하고	（書面與口語皆可使用，沒有收尾音的限制）
跟	랑/이랑	（最常聽到，但是不適合用來書寫）
與	와/과	（唯一一個<u>有圈圈卻不是加有收尾音的名詞</u>連接的例外）

我先寫

김치	하고 랑 와	밥 주세요.

請給我泡菜　和/跟/與　飯。

換你寫

커피	＿＿＿ ＿＿＿ ＿＿＿	빵 주세요.

請給我咖啡　和/跟/與　麵包。

밥	하고 이랑 과	김치 주세요.

請給我飯　和/跟/與　泡菜。

빵	＿＿＿ ＿＿＿ ＿＿＿	커피 주세요.

請給我麵包　和/跟/與　咖啡。

對話 대화

安迪和小桃及其他的朋友們來到了韓國必吃的烤肉店,來看看除了好吃的烤肉之外,他們還點了什麼其他韓國料理呢?

Trk 44

웨이터: 어서 오세요. 몇 분이세요?

앤디: 5명이에요.

웨이터: 뭐 드릴까요?

앤디: 냉면 4개하고 순두부찌개 하나 주세요.
그리고 갈매기살 3인분 주세요.

모모: 계란찜 하나랑 사이다 3병 주세요.

웨이터: 네. 바로 갖다드릴게요.

單字

냉면	冷麵
순두부찌개	豆腐鍋
갈매기살	橫隔膜（俗稱海鷗肉）
~인분	~人份
계란찜	蒸蛋
사이다	汽水
병	瓶
바로	馬上

常用句

어서 오세요.	歡迎光臨。
몇 분이세요?	請問幾位?
뭐 드릴까요?	要給您什麼呢?（您要點什麼?）
바로 갖다드릴게요.	馬上為您送上。

換你寫

_____ 服務生: 歡迎光臨,請問幾位?

_____ 安迪: 五個人。

_____ 服務生: 您要點什麼?

_____ 安迪: 請給我四個冷麵和一個嫩豆腐鍋。
_____   再給我三人份的海鷗肉。

_____ 小桃: 給我一個蒸蛋跟三瓶汽水。

_____ 服務生: 好的,馬上為您送上。

🎵 **Trk 45**

앤디: 저기요.
　　　여기 삼겹살 2인분 좀 더 주세요.

모모: 그리고 볶음밥이랑 물도 주세요.

웨이터: 네. 바로 갖다드릴게요.

(다 먹고 나서)

앤디: 저기요. 계산이요.
　　　그리고 이거 포장해 주세요.

웨이터: 네. 모두 56700 원이에요.

모모: 여기 카드로 해도 돼요?

웨이터: 죄송합니다. 현금만 받아요.

❄ 單字

삼겹살	五花肉	더	更
볶음밥	炒飯	만	只
계산	結賬	받아요	收
포장	打包	현금	現金
카드	卡（信用卡／卡片）		

❄ 常用句

계산이요.	結賬
포장해 주세요.	請幫我打包。
카드로 해도 돼요?	可以刷卡嗎？
죄송합니다.	抱歉。

換你寫

安迪：　　不好意思，請再給我兩人份的五花肉。　_____

小桃：　　也請給我炒飯跟水。　_____

服務生：　好的，馬上為您送上。　_____

（都吃完後）

安迪：　　不好意思，結賬。還有請幫我打包這個。　_____

服務生：　好的，總共56700元。　_____

小桃：　　這邊可以刷卡嗎？　_____

服務生：　抱歉，只收現金。　_____

現場直擊 烤肉店琳琅滿目的菜單,雖然還是有些看不太懂的字,但是看得懂的字也變多了對吧!

고기류

불난대패 (국내산130g)	4,000원
불난쭈꾸미	4,000원
대패삼겹 (국내산90g)	2,300원
대패항정 (캐나다/수입산100g)	3,000원
대패오리 (국내산100g)	3,000원
우삼겹 (미국산/수입산100g)	3,000원
삼겹살 (칠내산/수입산120g)	4,000원
양념갈비 (미국산/수입산130g)	4,000원
삼겹시대삼총사 (삼겹살+우겹살+항정살 – 미국산/수입산300g)	9,000원
삼겹시대모듬 (대패삼겹+항정+대패+우겹살+오리대패+버섯+해물 – 500g)	15,000원

19세미만 청소년 미성년자에게는 술을 판매하지않습니다!

❖ 쌀

식사류

냉 면	4,000원
비빔냉면	4,500원
냄비라면	2,500원
된장찌개	2,000원
공 기 밥	1,000원
우 동	4,000원
계 란 찜	2,000원

주류

소 주	4,000원
맥 주	4,000원
설 중 매	8,000원
복 분 자	10,000원
백 세 주	6,000원
청 하	4,000원
막 걸 리	3,000원
음 료 수	1,500원

면-호주산 ❖

계란찜 2,000원

Trk 46

1. 聽錄音選出正確的回答。　잘 듣고 알맞은 대답을 고르세요.

1. （　　　）　① 목요일이에요.
　　　　　　　② 네 시예요.
　　　　　　　③ 네 명이에요.

2. （　　　）　① 만 원이에요.
　　　　　　　② 이게 돈이에요
　　　　　　　③ 네.엄마예요.

3. （　　　）　① 네. 라면이 있어요.
　　　　　　　② 떡볶이가 얼마예요?
　　　　　　　③ 바로 갖다드릴게요

2. 請回答問題。　질문에 답하세요.
1. 어느 나라 사람이에요?
A : _____.

2. 지금 어디에 있어요?
A : _____.

3. 이 책이 무슨 책이에요?
A : _____.

4. 이 책이 얼마예요?
A : _____.

5. 대만에서 한국까지 어떻게 가요?
A : _____.

6. 대만에서 한국까지 시간이 얼마나 걸려요?
A : _____.

成果驗收 這一課我們復習了「時間」、「價格」,以及「連接兩個名詞」的不同方法,大家都能融會貫通了嗎?

> ① 想表示「幾點幾分」的話,……
> >> 純韓文數字 + 시
> 漢字音數字 + 분

換你寫

_____. 七點三十分。

_____. 六點四十五。

_____. 十點十分。

> ② 提到「價錢」的話,使用……
> 漢字音數字 + 원

換你寫

_____. 一百元。

_____. 兩千元。

_____. 一萬九千元。

> ③ 想「連接兩個以上的名詞」的話,……
> >> 使用「하고」(和)、「랑/이랑」(跟)、「와/과」(與)

換你寫

_____. 請給我可樂和汽水。

_____. 請給我毛毯跟水。

_____. 我與朋友在韓國。

10

更上一層樓!! 動詞與形容詞的아/어요變化

說明

前面我們學了「是、不是」、「有、沒有」的說法,但是如果想要講「吃飯、睡覺、喝水、玩耍…」這些動作,或是「忙碌、漂亮、貴…」這些形容的話,就必須要用到這一課教的重要觀念—「動詞／形容詞原形」與「아/어요變化」。

之前我們的對話裡面,大多都是「~요」結尾,
然而,其實動詞與形容詞的原形是「~다」

例如:

去	가다
有	있다
沒有	없다

但我們在生活當中講話時,並不會直接講出原形,而會使用「~요」。

例如:

朋友去韓國。	친구가 한국에 가요.
我們有行李。	우리가 짐이 있어요.
我沒有錢。	제가 돈이 없어요.

所以這一課就是要教大家,如何**把「~다」變成「~요」**。

文法 문법

① -아/어요 現在式

小秘訣
1. 把다去掉。（因為我們不要다）
2. 看다前面的字的母音。
   （母音就是長一橫一橫的，
   例如：ㅜㅏㅡㅣ）
3. 選擇加上아요或是어요。

那要怎麼知道加아요還是어요呢？
記住「是什麼，就加什麼給它～」

1. 前面的母音是往外的ㅏ，就加아요。
   前面的母音是往內的ㅓ，就加어요。

我先寫

	原形	加什麼？	完成！
居住、生活	살다	+ 아요	살아요.
知道	알다	+ 아요	알아요.
吃	먹다	+ 어요	먹어요.
沒有	없다	+ 어요	없어요.

跟著寫

| 坐 | 앉다 | | |
| 凍 | 얼다 | | |

2. 沒有收尾音的話，會發現沒東西可以連音，唸起來會拖拍，所以「合起來」。

我先寫

	原形	加什麼？	完成！
去	가다	가아요（拖拍？合起來 >	가요
買	사다	사아요（拖拍？合起來 >	사요
站	서다	서어요（拖拍？合起來 >	서요

小秘訣

只要同時符合　1.母音往外或往內　2.沒有收尾音
就可以直接「去다加요.」

跟著寫

睡	자다		
開	켜다		

3. 前面的母音是往上的話，跟往外的一組，就加아요。
　前面的母音是往下的話，跟往內的一組，就加어요。

我先寫

	原形	加什麼？	完成！
玩耍	놀다	+ 아요	놀아요.
哭	울다	+ 어요	울어요.

跟著寫

笑	웃다	

4. 如果母音往上或往下，但是沒有收尾音，就讓它「站在旁邊」。

我先寫

	原形	加什麼？	完成！
來	오다	오아요（拖拍？合起來＞	와요
看	보다	보아요（拖拍？合起來＞	봐요
給	주다	주어요（拖拍？合起來＞	줘요

跟著寫

學	배우다	

熊愛企韓國

10

更上一層樓！！動詞與形容詞的아／어요變化

105

5. 如果다前面的字的母音是「ㅣ」
   它「只有一個人站在那裡」很孤單，所以給可憐的它兩個朋友吧，朋友一定是往內的 >> 給「ㅣ」兩個往內的朋友變「ㅕ」。

我先寫

	原形	給它兩個往內的朋友	完成！
喝	마시다	시 > 셔	마셔요.
等	기다리다	리 > 려	기다려요.

跟著寫

打、彈	치다	

6. 如果다前面的字的母音是「ㅡ」，它躺著，叫它站起來！
   往內站起來 >> 讓「ㅡ」變成「ㅓ」

我先寫

	原形	讓它往內站起來	完成！
寫	쓰다	쓰 > 써	써요.
關	끄다	끄 > 꺼	꺼요.

跟著寫

漂亮	예쁘다	

7. 如果다前面的字的母音是「ㅣ」或「ㅡ」，但有收尾音：
   他們有很多朋友了，所以給他們一個往內的朋友連音即可 >> + 어요.

我先寫

	原形	加什麼？	完成！
有	있다	+ 어요	있어요.
閱讀	읽다	+ 어요	읽어요.
製作	만들다	+ 어요	만들어요.

跟著寫

穿	입다		
照	찍다		

8. 如果是 ~하다，把하다直接換成해요。

我先寫

	原形	하다直接換成해요	完成！
做料理	요리하다	하다 > 해요	요리해요.
運動	운동하다	하다 > 해요	운동해요.
愛	사랑하다	하다 > 해요	사랑해요.

跟著寫

購物	쇼핑하다		
約會	데이트하다		

簡易規則總整理：
1. 前面的母音是往上或往外，加아요。
2. 前面的母音是往下或往內，加어요。
3. 給「ㅣ」兩個往內的朋友變「ㅕ」。
4. 讓「ㅡ」站起來變成「ㅓ」。
5. 「ㅡ、ㅣ」有收尾音，加어요。
6. 「하다」>「해요」。

小秘訣
這一課只教大部份的通用規則，仍有部分的特殊變形會在後面再提到喲。

我先寫

친구가 먹어요. 朋友在吃。
아빠가 봐요. 爸爸在看。
언니가 쇼핑해요. 姊姊在購物。
오빠가 여자친구하고 데이트해요. 哥哥和女朋友約會。

換你寫

_____. 哥哥在喝。
_____. 媽媽在做飯。
_____. 老師在睡覺。

朋友在吃、爸爸在看、哥哥在喝……感覺是不是話還沒講完呢？
接下來，要教大家朋友在吃「什麼」、爸爸在看「什麼」的受詞用法囉。

② N + 을/를 受格助詞

小秘訣

1. 表示前面的名詞是這句話的受詞，被做了什麼動作。（例如：被吃、被看、被喝、被打……等等）
2. 有收尾音給它有圈圈的連音，沒收尾音的給沒有圈圈的。

我先寫

빵을 먹어요.　　吃麵包。
커피를 마셔요.　喝咖啡。
가방을 사요.　　買包包。
친구를 기다려요.　等朋友。
영화를 봐요.　　看電影。

跟著寫

떡볶이_____ 먹어요.　吃辣炒年糕。
유자차_____ 마셔요.　喝柚子茶。
안경_____ 사요.　　買眼鏡。
책_____ 읽어요.　　讀書。

我先寫

아빠가 밥을 먹어요.　爸爸吃飯。
선생님이 티셔츠를 사요.　老師買T恤。

換你寫

_____. 朋友吃泡麵。
_____. 媽媽買大衣。
_____. 男朋友等我。
_____. 學生寫韓文。

有了這課的觀念之後，你的韓文就會更上一層樓囉！
雖然這課的變形規則要花一些心力去記，但是之後的文法幾乎全部都是用這套規則下去演變的，所以只要學會這個，之後就可以輕鬆不少囉！

11

交朋友篇 – 我也想去弘大，一起去吧！

친구사귀기편 - 저도 홍대에 가고 싶어요. 같이 가요.

單字 단어

從這一課開始我們要開始嘗試在句子中加入很多不同的動詞，讓說出來的韓文句子變得更加豐富！

동사 動詞

가다	去	먹다	吃	
오다	來	마시다	喝	
사다	買	놀다	玩	
만나다	見面	찍다	照（相）	

형용사 形容詞

재미있다	有趣	맛있다	好吃	
재미없다	無趣	맛없다	不好吃	

109

文法 문법 這課要教大家「想做～」和要怎麼說，可以用來表達自己的想法，也會幫大家整理三大重要且台灣人最容易混淆的助詞喲。

① V + 고 싶어요 想做V

> **小秘訣**
> 這是一個「直接裝上去」的簡單文法，不需要將動詞做我們之前提到的아/어요變形，直接用原形動詞「去掉다，再裝上去」就可以囉。

我先寫

가다 >　　가고 싶어요.　　　　　　한국에 가고 싶어요.
　　　　　想去。　　　　　　　　　想去韓國。
먹다 >　　먹고 싶어요.　　　　　　치킨을 먹고 싶어요.
　　　　　想吃。　　　　　　　　　想吃炸雞。

跟著寫

사다 >　　사___ _____.　　　　　가방을_____.
　　　　　想買。　　　　　　　　　想買包包。
마시다 >　마시___ _____.　　　　커피를_____.
　　　　　想喝。　　　　　　　　　想喝咖啡。
찍다 >　　찍___ _____.　　　　　사진을_____.
　　　　　想照。　　　　　　　　　想照照片。

換你寫

놀다 >　　_____.　　　　_____.
　　　　　想玩。　　　　　　　　　想和朋友玩。
만나다 >　_____.　　　　_____.
　　　　　想見面。　　　　　　　　想見哥哥。

> **小秘訣**
> 與보다一起用時：보고 싶어요
> 有兩個意思：
> 1.想看（電視、電影等）　영화를 보고 싶어요.　想看電影。
> 2.想念。　　　　　　　　오빠를 보고 싶어요.　想念哥哥。

② 地點 + 에 가다/오다 去／來～（地點）

小秘訣
「에」在這裡表示：「往」前面的方向移動。

我先寫

일본에 가요.
去日本。
한국에 가고 싶어요.
想去韓國。
대만에 와요.
來台灣。

跟著寫

친구 집____ 가요.
去朋友家。
학원 ____ 와요.
來補習班。
대만____ 오____ _____.
想來台灣。

③ 主題助詞、主格助詞、受格助詞

은/는 主題助詞：表示前面的名詞是這句話的主題，用於介紹、解釋、對比、羅列
이/가 主格助詞：表示前面的名詞是這句話的主詞，表示該主詞去做後面的動作。
을/를 受格助詞：表示前面的名詞是這句話的受詞，表示該受詞被做後面的動作。

我先寫

오빠는 대만사람이에요.　　　哥哥是台灣人。（用於介紹哥哥）
엄마는 가방을 사요.　　　　　媽媽買包包，
아빠는 모자를 사요.　　　　　爸爸買帽子。（用於比較）
오빠가 (모모를) 좋아해요.　　哥哥喜歡（小桃）。（哥哥做喜歡這個動作）
(모모가) 오빠를 좋아해요.　　（小桃）喜歡哥哥。（哥哥是被喜歡的人）

跟著寫

저____ 선생님이에요.　　　　　　我是老師
선생님____ 학교에 있어요.　　　　老師在學校。
학생이 선생님____ 만나고 싶어해요.　學生想見老師。
저____ 딸기를 좋아해요.　　　　　我喜歡草莓，弟弟喜歡香蕉。
동생____ 바나나를 좋아해요.

對話 대화

在飯店交誼廳，小桃遇到其他國家的人，來看看她是如何交到新朋友，以及他們如何向飯店人員詢問旅遊資訊吧。

Trk 47

모모: 안녕하세요. 저는 모모예요.
　　　이름이 뭐예요?

스티븐: 저는 스티븐이에요. 프랑스 사람이에요.
　　　　모모 씨는 어느 나라 사람이에요?

모모: 저는 대만사람이에요.
　　　스티븐 씨는 내일 어디에 가고 싶어요?

스티븐: 홍대에 가고 싶어요.

모모: 저도 홍대에 가고 싶어요! 같이 가요?

스티븐: 진짜요? 좋아요. 같이 가요!

單字

이름	名字	홍대	弘大
어느	哪一個	같이	一起
나라	國家	진짜	真的
내일	明天	좋아요	好
어디	哪裡		

常用句

이름이 뭐예요?	名字是什麼？（你叫什麼名字）
진짜요?	真的嗎？
좋아요.	好（表示答應、開心）

換你寫

小桃： 你好，我是小桃，你叫什麼名字？

史蒂芬： 我是史蒂芬，是法國人，
　　　　小桃是哪個國家的人呢？

小桃： 我是台灣人。史蒂芬明天想去哪裡？

史蒂芬： 我想去弘大。

小桃： 我也想去弘大！一起去嗎？

史蒂芬： 真的嗎？好耶，一起去！

모모: 저희가 홍대에 가고 싶어요.
　　　호텔에서 홍대까지 어떻게 가요?

호텔직원: 지하철로 가세요. 아주 가까워요.

스티븐: 홍대에 뭐가 재미있어요?

호텔직원: 홍대에 옷가게가 많이 있어요.
　　　　　그리고 클럽도 많이 있어요.

스티븐: 클럽에서 외국친구를 만나고 싶어요.

모모: 저는 화장품하고 옷을 사고 싶어요.

單字

저희=우리	我們	많이	很多（地）	옷	衣服
아주	非常	클럽	夜店	가게	店
뭐	什麼	외국	外國	화장품	化妝品
재미있다	有趣	만나다	見面	사다	買

換你寫

小桃： 我們想要去弘大，從飯店到弘大要怎麼去呢？

飯店職員： 請搭地鐵去，非常近。

史蒂芬： 在弘大有什麼好玩的？

飯店職員： 在弘大有很多衣服店。而且也有很多夜店。

史蒂芬： 我想在夜店認識外國朋友。

小桃： 我想買化妝品和衣服。

現場直擊 旅行的時候走在不同國家的街道上,各種不同的招牌和看版,現在是不是都不那麼陌生了呢?

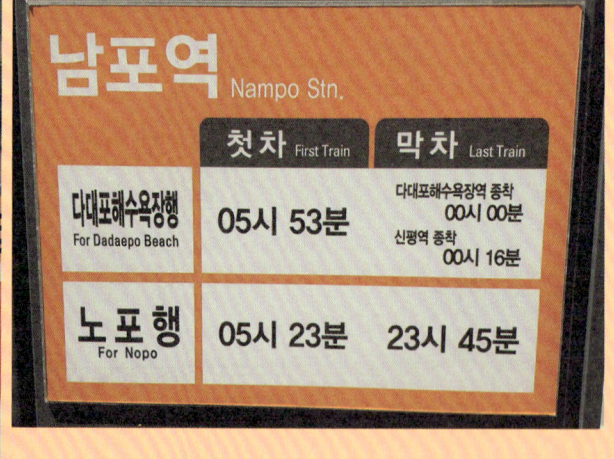

考場體驗

Trk 49

1. 聽錄音選出正確的回答。　잘 듣고 알맞은 대답을 고르세요.

1. （　　）　① 떡볶이를 먹고 싶어요.
　　　　　　② 어서 오세요.
　　　　　　③ 프랑스에 가고 싶어요.

2. （　　）　① 모자요.
　　　　　　② 한국요리요.
　　　　　　③ 대만사람이요.

3. （　　）　① 네. 오빠를 좋아해요.
　　　　　　② 네. 오빠가 좋아해요.
　　　　　　③ 아니요. 오빠는 좋아해요.

2. 看圖回答問題。　그림을 보고 질문에 답하세요.

Q: 어디에 가고 싶어요?
A: _____.
Q: 대만에서 어떻게 가고 싶어요?
A: _____.
Q: 거기에서 뭐 하고 싶어요?
A: _____.

成果驗收

這一課我們新學了「想做某件事」、「來、去～」,以及釐清了「三大助詞」的不同使用方法,大家都能很有條理地分辨了嗎?

① 想表示「想做某件事」的話,……
>> V + 고 싶어요 想做V

換你寫

_____　　想去廁所。

_____　　想吃烤五花肉。

_____　　想買衣服。

② 敘述「來、去某個地方」的話,使用……
>> 地點 + 에 가다/오다 去／來～

換你寫

_____.　　回家。

_____.　　和朋友去韓國。

_____?　　何時回家?

③ 表示名詞的不同功用:「主題、主格、受格」
>> 主題:은/는,主格:이/가,受格:을/를

換你寫

_____.　　我想回家。

_____.　　想在家見朋友。

_____.　　朋友想去釜山,我想去首爾。

12

邀約篇 - 明天早上十點半在梨大地鐵站六號出口見。

약속편 - 내일 아침 10시 반에 이대역 6번 출구에서 만나요.

單字 단어

這一課會教大家非常好記得的「～하다」系列動詞，前面多是加上念起來很像中文的漢字音，或是英文外來語，是初學者最喜歡也最好上手的動詞部分喲。

동사 動詞

韓文	中文		韓文	中文	
운동하다	運動	_____	공부하다	唸書	_____
운전하다	開車	_____	노래하다	唱歌	_____
요리하다	做料理	_____	사랑하다	愛	_____
쇼핑하다	購物	_____	여행하다	旅行	_____
데이트하다	約會	_____	일하다	工作	_____

형용사 形容詞

韓文	中文		韓文	中文	
춥다	冷	_____	맵다	辣	_____
덥다	熱	_____	귀엽다	可愛	_____

文法 문법

這一課除了要教最好上手的「～하다」系列動詞，還要教大家詢問對方意願的「～ㄹ/을까요」，以及「在～做～」的表現方法喲。

① ～하다 >> ～해요.

小秘訣
1. 只要看到하다，就把它變成해요。
2. 通常하다的前面會是中文的漢字音或是英文外來語，對我們來說是比較好記且容易的，大家可以先從這組字開始入門動詞的部分。

我先寫

운동하다 >> 운동해요.
요리하다 >> 요리해요.
사랑하다 >> 사랑해요.
노래하다 >> 노래해요.

換你寫

쇼핑하다 >> _____.
운전하다 >> _____.
여행하다 >> _____.
공부하다 >> _____.

② 地點에서 + V 在～（地點）做～（動作）

小秘訣
「에서」在這裡是「在」的意思，後面接不會離開該地點的動作。

我先寫

공원에서 운동해요.
在公園運動。

집에서 요리해요
在家做飯。

노래방에서 노래해요.
在KTV唱歌

跟著寫

백화점_____ 쇼핑해요.
在百貨公司購物。

도서관_____공부해요.
在圖書館讀書。

換你寫

커피숍_____ _____. 在咖啡廳約會。

회사_____ _____. 在公司工作。

③ V + ㄹ/을까요？ 要不要做～？／做～如何？

小秘訣
1. 這個文法是一個「看收尾音」的文法，有收尾音的加有圈圈的那一個。
2. 加上這個語尾是「表示詢問對方意見或想法」。

我先寫
가다 > 갈까요？
먹다 > 먹을까요？
노래하다 > 노래할까요？
찍다 > 찍을까요？

換你寫
만나다 > ＿＿＿＿＿＿＿？
운동하다 > ＿＿＿＿＿＿＿？
사다 > ＿＿＿＿＿＿＿？
읽다 > ＿＿＿＿＿＿＿？

小秘訣
如果收尾音是ㄹ，則直接加上까요。例如：놀다 > 놀까요？

我先寫
같이 한국에 갈까요？
要不要一起去韓國呢？
언제 만날까요？
什麼時候見面好呢？
여기에서 사진을 찍을까요？
要不要在這裡拍照？

換你寫
＿＿＿＿＿＿＿＿＿＿＿
要不要一起運動？

＿＿＿＿＿＿＿＿＿＿＿
要不要一起吃飯？

④ ㅂ탈락 ㅂ脫落

小秘訣
在形容詞和動詞當中，有一部份的字收尾音是ㅂ結尾，是一種特殊規則，做아/어요變形的方式是：「去掉ㅂ+워요」。

我先寫
춥다 > 추워요.
덥다 > 더워요.

換你寫
맵다 > ＿＿＿＿＿＿＿．
귀엽다 > ＿＿＿＿＿＿＿．

我先寫
아이가 귀여워요. 小孩可愛。
날씨가 더워요. 天氣熱。

換你寫
＿＿＿＿＿＿＿＿＿ 天氣冷嗎？
＿＿＿＿＿＿＿＿＿ 泡菜辣。

對話 대화

新認識的朋友史蒂芬想約小桃一起出去玩,讓我們看看他們如何討論一起出去玩時的時間與地點吧。

Trk 50

스티븐: 우리 내일 어디에 갈까요?
모모: 저는 티셔츠를 사고 싶어요.
스티븐: 그럼 같이 동대문에 갈까요?
모모: 저는 이대에서 옷을 사고 싶어요.
 거기 옷이 더 예뻐요.
스티븐: 그래요. 언제 만날까요?
모모: 내일 아침 10시 반에 이대역 6번 출구에서 만나요.
스티븐: 알겠어요. 그때 봐요.

❄ 單字

내일	明天	거기	那裡
티셔츠	T恤	예쁘다	漂亮
사다	買	언제	什麼時候
동대문	東大門	만나다	見面
이대	梨大	출구	出口
옷	衣服	보다	看

❄ 常用句

그래요.	好。(就照對方說的那樣做)
알겠어요.	我知道了。
그때 봐요.	到時見。

換你寫

史蒂芬: 我們明天去哪裡好呢?
小桃: 我想買 T 恤。
史蒂芬: 那要一起去東大門嗎?
小桃: 我想在梨大買衣服,那邊的衣服更漂亮。
史蒂芬: 好啊,什麼時候見面好呢?
小桃: 明天早上十點半在梨大地鐵站六號出口見面吧。
史蒂芬: 我知道了,到時見。

Trk 51

모모: 여보세요? 스티븐 씨, 지금 어디에 있어요?
스티븐: 지금 다른 친구랑 노래방에서 노래해요.
 모모 씨는 뭐 해요?
모모: 저는 호텔 헬스장에서 운동해요.
스티븐: 이따가 같이 삼겹살을 먹을까요?
모모: 좋아요. 저는 삼겹살을 좋아해요.
 어디에서 만날까요?
스티븐: 1시간 후에 호텔 앞에서 만나요.

單字

지금	現在	이따가	等一下	헬스장	健身房／運動中心
다른	其他的	좋아하다	喜歡	운동하다	運動
노래방	KTV	시간	時間	만나다	見面
노래하다	唱歌	후	後		

換你寫

小桃: 喂？史蒂芬你現在在哪裡？
史蒂芬: 我現在和其他朋友在KTV唱歌。
 小桃妳在幹嘛？
小桃: 我在飯店的健身房運動。
史蒂芬: 等一下要不要一起吃烤五花肉？
小桃: 好啊，我喜歡烤五花肉。
 要在哪裡見面？
史蒂芬: 一個小時之後在飯店前見面。

> **現場直擊** 地鐵站裡面也有許多韓文的標示，現在都能夠跟著標示找到自己想去的地方了嗎？

Trk 52

1. 聽錄音選出正確的回答。　잘 듣고 알맞은 대답을 고르세요.

　1.　(　　　)　① 좋아요. 어디에서 만날까요?
　　　　　　　　② 좋아요. 운동하고 싶어요.
　　　　　　　　③ 알겠어요. 그때 봐요.

　2.　(　　　)　① 코트를 사고 싶어요.
　　　　　　　　② 망고빙수를 먹고 싶어요.
　　　　　　　　③ 딸기빙수가 비싸요.

　3.　(　　　)　① 좀 귀여워요.
　　　　　　　　② 좀 더워요.
　　　　　　　　③ 진짜 매워요.

2. 將適當的字填入空格完成對話。　빈칸에 써 보세요.
　＊使用「ㄹ/을까요」的文法。

앤디: 내일 같이 영화를 ＿＿＿＿＿＿＿＿?

모모: 좋아요! 그럼 어디에서 ＿＿＿＿＿＿＿＿?

앤디: 극장 앞에서 만나요.

모모: 그래요. 언제 ＿＿＿＿＿＿＿＿?

앤디: 점심 12시에 만나요.

모모: 같이 밥을 ＿＿＿＿＿＿＿＿?

앤디: 네. 그리고 근처 백화점에서도 ＿＿＿＿＿＿＿＿?

모모: 좋아요! 쇼핑을 좋아해요!

成果驗收

這一課我們學了「하다系列的動詞」、「ㅂ的特殊規則脫落」，還有描述「在某地做某事」以及「詢問對方意見想法」的句型，大家都會了嗎？

① 想表示「在某地做某事」的話，……
>> 地點 + 에서 + V

換你寫

_____ 在電影院約會。
_____ 在韓國購物。
_____ 想在釜山吃韓國料理。

② 想「詢問對方意見」的話，使用……
>> V + ㄹ/을까요?

換你寫

_____ 現在要回家嗎？
_____ 什麼時候要去韓國？
_____ 要一起喝咖啡嗎？

13

汗蒸幕篇 – 韓國人在汗蒸幕裡面做什麼呢？

찜질방편 - 한국사람은 찜질방에서 뭐해요?

單字 단어

這一課要再來一起複習一次之前學過的動詞和形容詞，一樣的字多出現幾次很快就能加深印象，過不久就能記起來囉。

동사 動詞 _____

가다	去	_____	먹다	吃	_____
오다	來	_____	마시다	喝	_____
사다	買	_____	놀다	玩	_____
만나다	見面	_____	찍다	照（相）	_____
보다	看	_____	입다	穿	_____
자다	睡	_____	기다리다	等待	_____

형용사 形容詞 _____

좋다	好	_____	귀엽다	可愛	_____
춥다	冷	_____	맵다	辣	_____
덥다	熱	_____	가깝다	近	_____

125

文法 문법

這課要幫大家複習「現在式的아/어요」變形方式，還要教大家「不～」以及「不能～」的否定用法。

① 아/어요 복습

> 다 前面的母音「往外或往上」的，加往外的아요.

我先寫

가다 > 가아요 > 가요.
사다 > 사요.   > 사요.
놀다 > 놀아요.
오다 > 오아요 > 와요.

換你寫

만나다 > _____.
자다   > _____.
좋다   > _____.
보다   > _____.

> 다 前面的母音「往內或往下或其他的」，加往內的어요.

我先寫

먹다 > 먹어요.
입다 > 입어요.

換你寫

없다 > _____.
찍다 > _____.
읽다 > _____.

> 다 前面的母音「只有一個人的」，給它兩個往內的朋友變「ㅕ」.

我先寫

마시다 > 마셔요.
치다   > 쳐요

換你寫

기다리다 > _____.

② ㅂ脫落（複習）

小秘訣

形容詞收尾音是ㅂ結尾，做아/어요變形的方式是：「去掉다 + 워요」。

我先寫

맵다   > 매워요.
귀엽다 > 귀여워요.
덥다   > 더워요.

換你寫

춥다   > _____.
가깝다 > _____.

③ 안 + A / V　不
못 + V　不能～

🔔 小秘訣

「안」
1. 後面可以加形容詞或動詞。
2. 加動詞時表示「不想做」，所以不做。

「못」
1. 後面只能加動詞。
2. 表示「不能、不會做」，所以不做。

我先寫

파티에 **안** 가요.　　我不去派對。（不想去所以「不去」）

파티에 **못** 가요.　　我不能去派對。（被禁足或生病或有事，所以「不能去」）

소고기를 **안** 먹어요.　（不喜歡牛肉，所以「不吃」。）

소고기를 **못** 먹어요.　（因為信仰或是過敏，所以「不能吃」。）

날씨가 안 추워요. (○)　（天氣不冷。）

날씨가 못 추워요. (×)　（天氣不能冷。> 不合邏輯。）

跟著寫

그 친구를 안 좋아해요.　　　　　　不喜歡那個朋友，所以不見朋友。
그래서 친구를 _____ 만나요.

시간이 없어요.　　　　　　　　　　沒有時間，所以沒辦法見朋友。
그래서 친구를 _____ 만나요.

換你寫

커피를 싫어해요.　　　　　　　　　討厭咖啡，所以不喝咖啡。
그래서 _____.

돈이 없어요.　　　　　　　　　　　沒有錢，所以不能去韓國。
그래서 한국에 _____.

날씨가 _____.　　　　　　天氣不熱。

요즘 _____.　　　　　　　最近不忙。

對話 대화 小桃邀請安迪一起去體驗韓國特有的汗蒸幕文化,一起來了解韓國人喜歡的紓壓場所吧!

Trk 53

모모: 우리 오늘 찜질방에 가요.

앤디: 찜질방이요? 찜질방이 뭐예요?

모모: 한국사람들은 거기서 같이 목욕해요.

앤디: 그럼 옷을 안 입어요?

모모: 맞아요.
그런데 남자하고 여자가 다른 목욕탕에서 샤워해요.
찜질방에서 밥도 먹어요. 그리고 티비도 봐요.

앤디: 정말 신기하네요.

單字

오늘	今天	입다	穿
찜질방	汗蒸幕	다른	不同的
거기	那裏	티비	電視
목욕탕	澡堂	정말	真的
목욕하다	洗澡	신기하다	神奇

常用句

| 맞아요. | 對。 |
| 신기하네요. | 好神奇噢。 |

換你寫

_____ 小桃: 我們今天去汗蒸幕吧!
_____ 安迪: 汗蒸幕?汗蒸幕是什麼?
_____ 小桃: 韓國人會在那裏一起洗澡。
_____ 安迪: 那不穿衣服嗎?
_____ 小桃: 對啊,但是男生和女生是在不同的澡堂洗澡。在汗蒸幕也吃飯,然後也看電視。
_____ 安迪: 好神奇噢。

앤디: 배 고파요. 우리 뭐 좀 먹을까요?

모모: 라면 먹을래요?

앤디: 저는 라면을 안 먹어요.
건강에 안 좋아요.

모모: 그럼 그냥 계란을 먹어요.
아주머니, 계란 2개 주세요.

아줌마: 네. 식혜 2병도 드릴까요?
아주 맛있어요.

모모: 저는 식혜를 못 마셔요. 1병만 주세요.

單字

배	肚子	계란	雞蛋
고프다	餓	아주머니	大媽
라면	泡麵	식혜	甜米露
안	不	못	不能
먹다	吃	마시다	喝
건강	健康	아주	非常
그냥	就那樣	만	只

常用句

배 고파요.　　肚子餓

換你寫

安迪：肚子好餓，我們吃點什麼吧？
小桃：吃泡麵如何？
安迪：我不吃泡麵，對健康不好。
小桃：那就吃雞蛋吧。大媽，請給我兩個雞蛋。
大媽：好的，要再給你兩瓶甜米露嗎？很好喝。
小桃：我不敢喝甜米露，請給我一瓶就好。

現場直擊 汗蒸幕是韓國特有的文化之一，不進去看一下真的太可惜啦！

Trk 55

1. 聽錄音選出正確的回答。　잘 듣고 알맞은 대답을 고르세요.

   1. (　　)　① 그럼 밥을 안 먹어요?
   　　　　　② 그럼 홍차를 마실까요?
   　　　　　③ 그럼 계란을 먹을까요?

   2. (　　)　① 그럼 커피를 마셔요.
   　　　　　② 그럼 사이다를 마실까요?
   　　　　　③ 그럼 커피숍에 가요.

   3. (　　)　① 안 추워요.
   　　　　　② 안 매워요.
   　　　　　③ 좀 귀여워요.

2. 將適當的字填入空格完成對話。　빈칸에 써 보세요.
　＊使用「안 / 못」的文法。

   1. 커피를 많이 마셔요. 그래서 ＿＿＿＿＿ 자요.

   2. 컴퓨터게임을 하고 싶어요. 그래서 ＿＿＿＿＿ 자요.

   3. 운동을 싫어해요. 그래서 운동 ＿＿＿＿＿ 해요.

   4. 시간이 없어요. 그래서 운동 ＿＿＿＿＿ 해요.

   5. 요즘 시간이 많아요. ＿＿＿＿＿ 바빠요.

   6. 이 책이 재미없어요. 그래서 ＿＿＿＿＿ 읽어요.

成果驗收

這一課我們複習了「動詞的아/어요變化」、「ㅂ的特殊規則脫落」，還有表示「不～」以及「不能～」的句型，大家都分辨清楚了嗎？

① 運用「動詞的아/어요變化」可以完成很多句子，……

換你寫

_____ 朋友在公園照相。
_____ 和男朋友在韓國玩。
_____ 和女朋友看電影。

② 想表示「不～」的話，使用……
>> 안 + A/V

換你寫

_____ 不喝酒。
_____ 不想運動。
_____ 不想睡覺。

③ 想表示「不能～／不會～」的話，使用……
>> 못 + V

換你寫

_____ 不能喝酒。
_____ 不能照相。
_____ 不會講日文。

14

看病篇 – 你哪裡不舒服嗎？
병원편 - 어디가 아파요?

單字 단어

這一課要教大家身體各部位的說法，如果在韓國不舒服，去藥局買藥或看病就會更方便一些囉！

몸 身體

머리	頭		배	肚子	
가슴	胸部		다리	腿	
팔	手臂		발	腳	
손	手		무릎	膝蓋	

얼굴 臉

| 눈 | 眼睛 | | 코 | 鼻子 | |
| 귀 | 耳朵 | | 입 | 嘴巴 | |

형용사 形容詞

바쁘다	忙		고프다	餓	
예쁘다	漂亮		나쁘다	壞	
아프다	痛、不舒服				

文法 문법 這課要教大家「過去式」的表現方法，還會教之前沒有提到過的「ㅡ 脫落」規則喲。

① 1.-았/었어요. 過去式

小秘訣

1. 中文有「了」在語尾的句子，大部份都是過去式。如：你吃飯「了」嗎？
2. 現在式的文法是「아/어요」，過去式的文法是「았/었어요」，觀察兩個文法，其實就是把之前學過的變形規則拿來用之後，先不要寫요，在「變形完的字下面加上兩個ㅅ，再加어요」

我先寫

原形	現在式	過去式
가다	가요	갔어요
먹다	먹어요	먹었어요
오다	와요	왔어요
찍다	찍어요	찍었어요
기다리다	기다려요	기다렸어요

換你寫

原形	現在式	過去式
사다		
마시다		
요리하다		
자다		
보다		
놀다		

我先寫

어제 친구랑 떡볶이를 먹었어요.
아까 커피숍에서 친구를 만났어요.
친구가 저를 많이 기다렸어요.

昨天和朋友吃了辣炒年糕。
剛剛在咖啡廳見了朋友。
朋友等了我很久。

換你寫

헬스장에서 _____.　　在健身房運動了。
친구랑 같이 영화를 _____.　　和朋友一起看了電影。
밥을 _____?　　吃飯了嗎？

② ㅡ탈락 — 脫落規則

小秘訣

1. 之前我們有提到，動詞다前面的母音如果「躺著」，我們要讓它「往內站起來」，例如：
쓰다 > 써요，끄다 > 꺼요。
2. 如果다前面有不止一個以上的字，那就要讓它們「排隊」。

我先寫

바쁘다 > 바빠요.　（쁘前面的字的母音為ㅏ，所以讓它跟他排隊，往外站起來）
나쁘다 > 나빠요.　（쁘前面的字的母音為ㅏ，所以讓它跟他排隊，往外站起來）
고프다 > 고파요.　（프前面的字的母音為ㅗ，往上跟往外一組，也是往外站起來）
예쁘다 > 예뻐요.　（쁘前面的字的母音為ㅖ，所以讓它跟他排隊，往內站起來）

跟著寫

아프다 > _____

我先寫

머리가 좀 아파요.　　頭有點痛。
그 남자가 진짜 나빠요.　　那個男生真的很壞。
경치가 아주 예뻐요.　　風景很漂亮。

跟著寫

Q: 요즘 바빠요?　　Q：最近忙嗎？
A: 아니요. _____.　　A：不，不忙。
Q: 밥을 먹었어요?　　Q：吃飯了嗎？
A: 아니요. 그래서 _____.　　A：還沒，所以肚子很餓。

對話 대화 安迪發現小桃似乎不太舒服......原來是吃太多吃壞肚子了！一起來關心小桃並聽聽醫生怎麼說吧！

Trk 56

앤디: 어디가 아파요? 안색이 안 좋아요.

모모: 배가 아파요. 토하고 싶어요.

앤디: 갑자기 왜 그래요?

모모: 아마 어제 너무 많이 먹었나 봐요.. 어제 저녁에 치킨 1마리 먹었어요. 그리고 콜라 3병 마셨어요.

앤디: 그럼 빨리 병원에 가요.

單字

아프다	痛	아마	大概	갑자기	突然
안색	臉色	너무	太	왜	為什麼
좋다	好	치킨	炸雞	빨리	快點
토하다	吐	마리	隻	병원	醫院

換你寫

_____ 安迪: 哪裡不舒服嗎？臉色不太好。

_____ 小桃: 肚子好痛，想吐。

_____ 安迪: 怎麼會突然那樣？

_____ 小桃: 好像是昨天吃太多了。昨天晚上吃了一整隻炸雞。還喝了三瓶可樂。

_____ 安迪: 那趕快去醫院吧！

🎵 Trk 57

의사: 어디가 아프세요?

모모: 배가 너무 아파요.

의사: 언제부터 아팠어요?

모모: 어제 저녁부터 아팠어요.

의사: 그래요? 어제 뭐 했어요?

모모: 치킨을 먹었어요.
그리고 헬스장에서 운동했어요.

의사: 알겠어요. 그럼 밖에서 잠깐 기다리세요.

❄ 單字

오다	來	어제	昨天	언제	何時
배	肚子	저녁	晚上	밖	外面
너무	太	헬스장	健身房	기다리다	等
부터	從	아프다	痛		

換你寫

醫生：　哪裡不舒服呢？　　　　　　　　　　＿＿＿＿＿＿＿＿＿＿

小桃：　肚子太痛了。　　　　　　　　　　　＿＿＿＿＿＿＿＿＿＿

醫生：　從什麼時候開始痛的呢？　　　　　　＿＿＿＿＿＿＿＿＿＿

小桃：　昨天晚上開始痛的。　　　　　　　　＿＿＿＿＿＿＿＿＿＿

醫生：　是這樣啊？昨天做了什麼呢？　　　　＿＿＿＿＿＿＿＿＿＿

小桃：　我吃了炸雞，然後在健身房運動。　　＿＿＿＿＿＿＿＿＿＿

醫生：　我知道了，那請妳在外面等一下。　　＿＿＿＿＿＿＿＿＿＿

現場直擊 雖然希望大家都可以不要在旅遊時用到這課的單字,但是藥品跟相關的單字還是有備無患的喲!

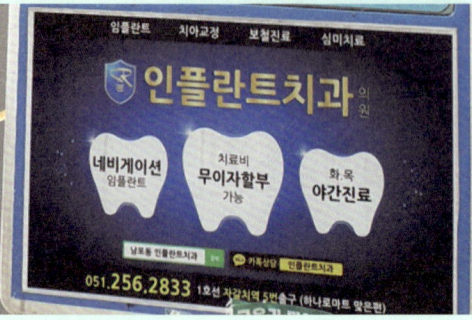

考場體驗

Trk 58

1. 聽錄音選出正確的回答。　잘 듣고 알맞은 대답을 고르세요.

　1.　(　　　)　　① 배가 고파요.
　　　　　　　　　② 요즘 바빠요.
　　　　　　　　　③ 눈이 좀 아파요.

　2.　(　　　)　　① 네. 집에서 먹었어요.
　　　　　　　　　② 네. 마셨어요.
　　　　　　　　　③ 아니요. 점심을 먹었어요.

　3.　(　　　)　　① 추워요.
　　　　　　　　　② 바빠요.
　　　　　　　　　③ 예뻐요.

2. 將適當的字填入空格完成對話。　빈칸에 써 보세요.
　　＊使用「-았/었어요」的文法。

앤디: 어제 어디에 갔어요?

모모: 어제 엄마랑 백화점에 ＿＿＿＿＿＿＿＿.

앤디: 백화점에서 뭐 했어요?

모모: 원피스를 ＿＿＿＿＿＿＿＿.
　　　그리고 저녁을 ＿＿＿＿＿＿＿＿.
　　　앤디 씨는 뭐 했어요?

앤디: 친구랑 극장에 ＿＿＿＿＿＿. 영화를 ＿＿＿＿＿＿.

모모: 영화가 재미있었어요?

앤디: 아니요. ＿＿＿＿＿＿＿＿.

成果驗收 這一課我們練習了「動詞過去式變化」、「一的特殊規則脫落」，大家都學會了嗎？

> ① 想表示「過去發生的事」，使用……
> \>\> -았/었어요.

換你寫

Q: _____　吃飯了嗎？
A: _____　不，太忙了，沒能吃。
Q: _____　昨天沒來公司嗎？
A: _____　是的，身體不舒服。
Q: _____　為什麼睡不著呢？（不能睡呢？）
A: _____　喝太多咖啡了。

15

節日篇 – 明天是白色情人節,男生會送花。

기념일편 - 내일이 화이트데이예요. 남자들이 꽃을 줄 거예요.

單字 단어

韓國的節日有的和台灣類似,有的則截然不同,這一課會教大家這些有趣的節日要怎麼說,以及日期的說法。

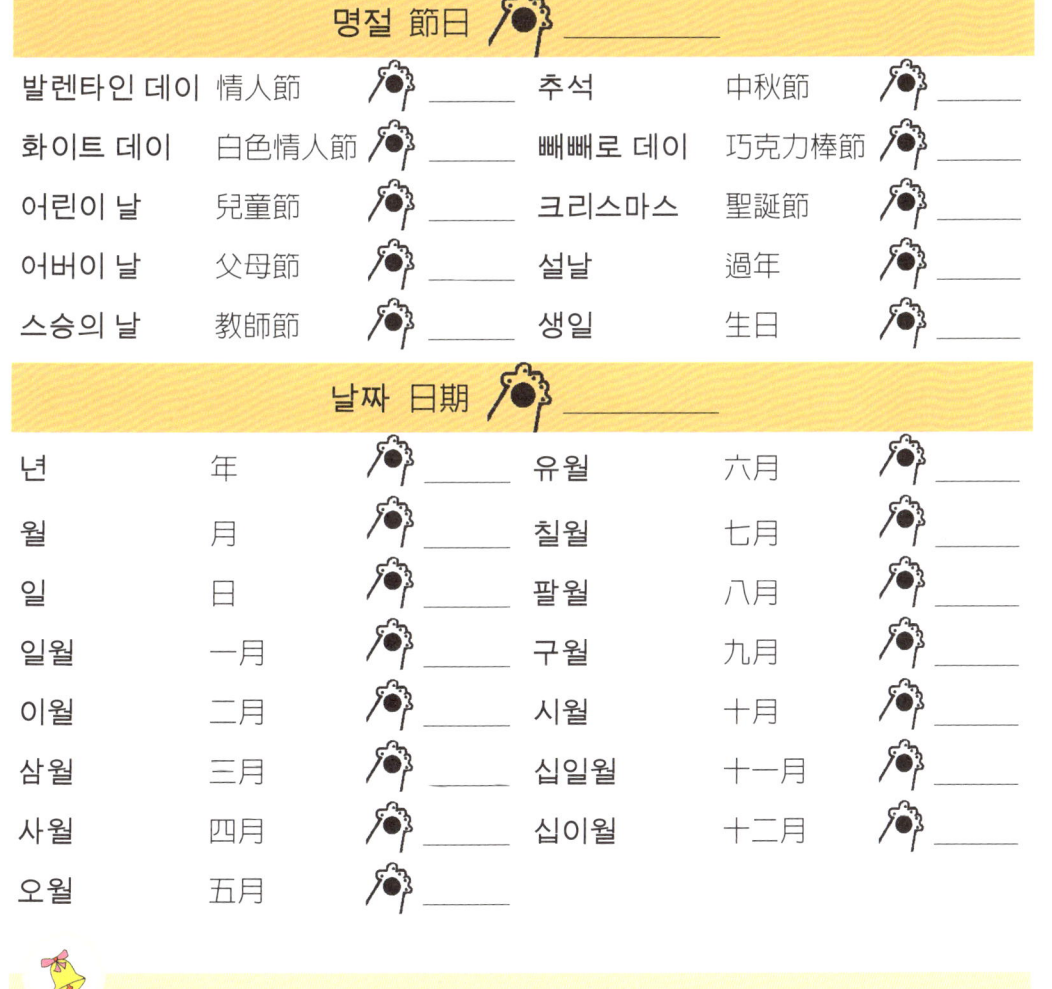

명절 節日

발렌타인 데이	情人節	추석	中秋節
화이트 데이	白色情人節	빼빼로 데이	巧克力棒節
어린이 날	兒童節	크리스마스	聖誕節
어버이 날	父母節	설날	過年
스승의 날	教師節	생일	生日

날짜 日期

년	年	유월	六月
월	月	칠월	七月
일	日	팔월	八月
일월	一月	구월	九月
이월	二月	시월	十月
삼월	三月	십일월	十一月
사월	四月	십이월	十二月
오월	五月		

小秘訣

要特別注意:**六月和十月的받침(終聲)脫落**,其他都和原本的漢字音長得一樣。

文法 문법 這課要教大家「未來式」的表現方法，以及容易和它混淆的「我來做～」的句型，長得非常像，大家要注意其中的差異喲。

① 1. -ㄹ/을 거예요. 未來式

小秘訣
1. 未來式跟之前的現在式和過去式不一樣，「不需要做아/어요的變形」。
2. 這是一個「看有沒有收尾音」的文法，有收尾音給他ㅇ連音，沒有就塞ㄹ在下面。

我先寫	現在式	未來式
가다	가요	갈 거예요.
먹다	먹어요	먹을 거예요.
오다	와요	올 거예요.
찍다	찍어요	찍을 거예요.
기다리다	기다려요	기다릴 거예요.

換你寫	現在式	未來式
사다		
마시다		
요리하다		
자다		
보다		

小秘訣
1. 收尾音是ㄹ的字，直接裝上去，不需要給他ㅇ。
   例如：놀다 > 놀 거예요. 만들다 > 만들 거예요.
2. 特殊變形的字，遇到要看收尾音的文法，「變一半再裝上去」
   例如：춥다 > 추울 거예요. 덥다 > 더울 거예요.

我先寫

다음주에 친구와 같이 한국에 갈 거예요.　下週將要與朋友一起去韓國。
이대에서 옷을 많이 살 거예요.　將會在梨大買很多衣服。
술도 많이 마실 거예요.　也會喝很多酒。
그런데 날씨가 추울 거예요.　但是天氣將會很冷。

跟著寫

경복궁에서 사진을 많이 ＿＿＿＿＿＿＿.　將會在景福宮拍很多照片。
공연도 ＿＿＿＿＿＿＿.　也會看表演。

② V + ㄹ/을게요. 我來、我要做～

我先寫

가다	>	갈게요.
먹다	>	먹을게요.
기다리다	>	기다릴게요
읽다	>	읽을게요.

換你寫

사다	>	＿＿＿＿＿.
찍다	>	＿＿＿＿＿.
보다	>	＿＿＿＿＿.

我先寫

먼저 갈게요.　我先走囉。
이번에는 제가 살게요.　這次我來買單。
이걸 제가 할게요.　這個我來做。

換你寫

다 ＿＿＿＿＿＿,　我要都吃掉囉。
다음에 또 ＿＿＿＿＿＿.　我下次會再來的。

小秘訣

這個文法都是搭配「제가」一起用，而不是저는。

熊愛企韓國

15

節日篇－明天是白色情人節，男生會送花。

143

對話 대화

明天是一個特殊的節日,安迪看到街上有很多人在買禮物,來看看史蒂芬是怎麼跟安迪介紹這個節日的吧。

Trk 59

앤디: 저기 봐요. 남자들이 꽃을 많이 사요. 왜죠?
스티븐: 내일이 화이트 데이에요.
　　　　남자들이 꽃을 줄 거예요.
앤디: 진짜요? 그럼 스티븐 씨도 꽃을 샀어요?
스티븐: 아니요. 요즘 너무 바빠요. 그래서 못 샀어요.
앤디: 그럼 내일은 뭐 할 거예요?
스티븐: 여자친구랑 같이 영화를 볼 거예요.
　　　　앤디 씨도 꽃을 사세요.
　　　　모모 씨가 기분이 좋을 거예요.
앤디: 됐어요. 돈이 없어요.

單字

들	們	바쁘다	忙	내일	明天
꽃	花	좋다	好	영화	電影
주다	給	돈	錢	기분	心情
화이트데이	白色情人節				

常用句

됐어요.　算了

換你寫

_____　安迪:　你看那邊,好多男生在買花。為什麼呢?
_____　史蒂芬:　明天是白色情人節,男生們會送花。
_____　安迪:　真的嗎?那史蒂芬你也買了花嗎?
_____　史蒂芬:　沒有,最近太忙了,所以沒能買。
_____　安迪:　那你明天要幹嘛?
_____　史蒂芬:　明天要跟女朋友一起去看電影。
　　　　　　　　　　　　　　　　安迪你也買花吧。小桃會很開心的。
_____　安迪:　算了吧,我沒有錢。

Trk 60

스티븐: 모모 씨, 생일이 언제예요?
모모: 바로 내일이에요.
스티븐: 정말요? 생일 축하해요!
모모: 고마워요.
스티븐: 생일에 뭐 할 거예요?
모모: 친구랑 같이 파티를 할 거예요.
　　　케이크도 먹을 거예요.
　　　스티븐 씨도 파티에 오세요.
　　　재미있을 거예요.
스티븐: 저도 가고 싶어요. 그런데 못 가요.
　　　일이 있어요.
모모: 너무 아쉽네요.

❄ 單字

생일	生日	고맙다	謝謝
언제	何時	파티	派對
바로	正好、就	케이크	蛋糕
내일	明天	그런데	但是
정말	真的	일	事情、工作
축하하다	恭喜、慶祝	아쉽다	可惜

❄ 常用句

생일 축하합니다!　生日快樂！
너무 아쉽네요.　太可惜了。

換你寫

史蒂芬: 小桃，生日是什麼時候呢？
小桃: 就是明天。
史蒂芬: 真的嗎？生日快樂！
小桃: 謝謝。
史蒂芬: 生日將要做什麼呢？
小桃: 將要和朋友們開派對。也會吃蛋糕。
　　　史蒂芬也請來派對吧。會很好玩的。
史蒂芬: 我也想去。但是不能去。有事情。
小桃: 太可惜了。

熊愛企韓國

15

節日篇―明天是白色情人節，男生會送花。

現場直擊 韓國有很多跟台灣不同的有趣節日,來看看這些和節日有關的物品吧

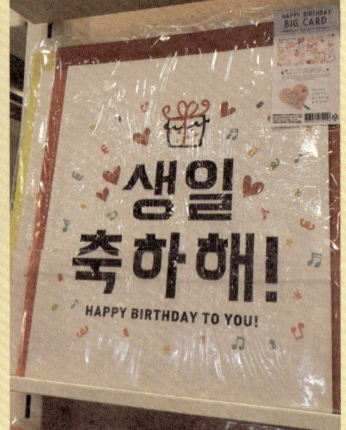

考場體驗

Trk 61

1. 聽錄音選出正確的回答。　잘 듣고 알맞은 대답을 고르세요.

1. (　　)　① 네. 안녕히 계세요.
　　　　　② 네. 안녕히 가세요.
　　　　　③ 네. 안녕하세요.

2. (　　)　① 네. 먹었어요.
　　　　　② 안 돼요. 저도 먹고 싶어요.
　　　　　③ 안 돼요. 빨리 먹어요.

3. (　　)　① 2018년이에요.
　　　　　② 1시예요.
　　　　　③ 12월 13일이에요.

2. 將適當的字填入空格完成對話。　빈칸에 써 보세요.
　＊使用「-ㄹ/을 거예요」的文法。

앤디: 언제 한국에 갈 거예요?

모모: 크리스마스에 ＿＿＿＿＿＿.

앤디: 한국에서 뭐 할 거예요?

모모: 찜질방에서 계란을 ＿＿＿＿＿＿.
　　　그리고 홍대에서 ＿＿＿＿＿＿.

앤디: 옷을 사고 싶어요?

모모: 아니요. 화장품을 많이 ＿＿＿＿＿＿.

앤디: 날씨가 ＿＿＿＿＿＿.옷을 많이 입어요.

成果驗收 這一課我們學了「未來式」，還有表示「我來～、我要～」的句型，大家都知道要在什麼情況使用了嗎？

① 想表示「未來會發生的事，可以用……
>> ㄹ/을 거예요.

換你寫

_____ 在父母節父母心情會很好。

_____ 美國朋友明天會來台灣。

_____ 天氣會很熱。

② 想表示「我來～、我要～」的話，使用……
>> ㄹ/을게요.

換你寫

_____ 我先走囉。

_____ 我要照（照片）囉。

_____ 我會等你的。

16

計程車篇 – 請幫我停在那邊的紅綠燈前面。

택시편 - 저기 신호등 앞에서 세워 주세요.

單字 단어

這一課要跟大家介紹台灣人常去的幾個韓國都市與景點的韓文發音，唸起來都非常像中文，非常好記憶唷。

도시 都市 _____

서울	首爾	_____	대구	大邱	_____
부산	釜山	_____	제주도	濟州島	_____
전주	全州	_____	경주	慶州	_____

서울 관광지 首爾觀光景點 _____

명동	明洞	_____	압구정	狎鷗亭	_____
인사동	仁寺洞	_____	신사동	新沙洞	_____
삼청동	三清洞	_____	동대문	東大門	_____
여의도	汝夷島	_____	남대문	南大門	_____
청계천	清溪川	_____	경복궁	景福宮	_____
강남	江南	_____	신촌	新村	_____

文法 문법 這課要教大家「請做～」和「為某人做某事」的表現方法，還會教大家表示感嘆的「～呢」的語尾。

① 1.V + 으세요. 請做～

小秘訣
1. 這個文法用於請對方做事，雖然是請，但是屬於命令句，
2. 這是一個「看收尾音」的文法，有收尾音給他으連音，沒有就直接裝上去。

我先寫

가다　　>　가세요.
보다　　>　보세요.
읽다　　>　읽으세요.
입다　　>　입으세요.

跟著寫

오다　　>　_____.
운동하다　>　_____.
찍다　　>　_____.
기다리다　>　_____.

我先寫

잠시만 기다리세요.　　　　　請稍等一下。
이 문장을 읽으세요.　　　　　請念這個句子。
어서 오세요.　　　　　　　　歡迎光臨。（請快點來）

跟著寫

여기 좀 ____ _____.　　　請看一下這裡。
옷을 많이 _____.　　　請多穿一點衣服。

小秘訣
請吃、請喝的寫法是：「드세요.」，沒有먹으세요、마시세요這種說法。

② V + 아/어 주다 為～做～

小秘訣

1. 這是表示某人為另一人做事的文法，後面可以再裝其他的文法。
   例如：+ 세요 = 請為我做～，+ 았/었어요 = 為～做了～……
2. 這是一個要做「아/어요變形」的文法，做完之後再裝주다上去。

我先寫

사다 > 사 주다
사 주세요.
請為我買。（請買給我）
사 줄게요.
我來買給你。
사 주고 싶어요.
我想買給你。

깎다 > 깎아 주다
깎아 주세요.
請為我打折（請算便宜一點）。
깎아 줄게요.
我來為你打折。
깎아 줬어요.
為我打了折。

跟著寫

가다 > 가 주다
_____.
請為我去。（請帶我去。）

사인하다 > 사인해 주다
_____.
請為我簽名。
_____.
為我簽了名。

찍다 > 찍어 주다
_____.
請為我拍。（請幫我拍。）
_____.
我來為你拍。（我來幫你拍）

③ 네요 ～呢！耶！／噢！

小秘訣

1. 這個語尾表示感嘆。2. 直接裝上去就行了。

我先寫

예쁘다	>	예쁘네요.	很漂亮呢。
귀엽다	>	귀엽네요.	很可愛呢。
많이 먹다	>	많이 먹었네요.	吃了很多呢。
진짜 춥다	>	진짜 춥네요.	真的很冷呢。

換你寫

바쁘다 > _____.
덥다 > _____.
재미있다 > _____.

對話 대화

安迪和小桃想要搭計程車去景福宮,來看看他們是怎麼跟計程車司機聊天以及溝通,和他們在景福宮做了些什麼吧。

Trk 62

택시기사: 어디로 가세요?
모모: 경복궁으로 가 주세요.
택시기사: 외국인이네요. 어디에서 왔어요?
모모: 대만에서 왔어요.
택시기사: 경복궁에서 뭐 할 거예요?
모모: 한복을 입고 싶어요. 그리고 구경하고 싶어요.
　　　아. 저기 신호등 앞에서 세워 주세요.
택시기사: 네. 알겠어요.
모모: 돈 여기 있습니다. 수고하세요.

單字

택시기사	計程車司機	구경하다	參觀
경복궁	景福宮	신호등	紅綠燈
외국인	外國人	세우다	停（車）
한복	韓服	수고하다	辛苦
입다	穿		

常用句

수고하세요. 辛苦您了。

換你寫

計程車司機: 您要去哪裡?
小桃: 請帶我去景福宮。
計程車司機: 你是外國人呢,從哪裡來的呢?
小桃: 我從台灣來的。
計程車司機: 你要在景福宮做什麼呢?
小桃: 我想要穿韓服然後逛逛。
　　　啊,請幫我在那邊的紅綠燈停車。
計程車司機: 好,我知道了。
小桃: 錢在這裡,您辛苦了。

모모: 와. 경복궁에 외국사람이 진짜 많네요.
앤디: 여기 경치가 정말 예쁘네요.
　　　사진 한 장 찍어 주세요.
모모: 카메라를 주세요. 제가 찍어 줄게요.
　　　자. 하나. 둘. 셋. 김치.
앤디: 잘 나왔어요?
모모: 그럼요. 잘 찍었어요.
앤디: 모모씨의 한복도 정말 예뻐요.
　　　사진 한장 찍어 줄까요?
모모: 네. 예쁘게 찍어 주세요.

❄ 單字

경치	風景	찍다	照
정말	真的	잘	好好地
사진	照片	나오다	出來
카메라	相機	예쁘게	美美地
김치	泡菜		

❄ 常用句

| 그럼요. | 當然。 |
| 예쁘게 찍어 주세요. | 請幫我照得美美地。 |

✎ 換你寫

小桃：　哇，景福宮真的好多外國人呢。　　　　　　＿＿＿＿＿＿＿＿
安迪：　這裡的風景真的很漂亮耶，請幫我照一張照片。＿＿＿＿＿＿＿＿
小桃：　請給我照相機，我來幫你照。　　　　　　　＿＿＿＿＿＿＿＿
　　　　來，一，二，三，kimchi。　　　　　　　＿＿＿＿＿＿＿＿
安迪：　照得好嗎？　　　　　　　　　　　　　　　＿＿＿＿＿＿＿＿
小桃：　當然，照的很好看。　　　　　　　　　　　＿＿＿＿＿＿＿＿
安迪：　小桃妳的韓服也真的很漂亮，要幫妳照張相嗎？＿＿＿＿＿＿＿＿
小桃：　好呀，請幫我照得美美地。　　　　　　　　＿＿＿＿＿＿＿＿

現場直擊 到處去觀光的時候總少不了進去百貨公司繞繞,這篇百貨公司的樓層介紹你能猜出幾個漢字音和外來語呢?

11F	옥상공원/전통시장홍보관(11F), 전망대(13F)	Sky Park / Traditional Market Information Hall
10F	시네마	Cinema
9F	시네마 매표소	Cinema Ticket Office
8F	시네마	Cinema
7F	시네마	Cinema
6F	하이마트 / 바이킹스	Hi-MART / Vikings (Restaurant)
5F	백화점	LOTTE DEPARTMENT STORE
4F	백화점	LOTTE DEPARTMENT STORE
3F	토이저러스 / 푸드엠파이어 / 유·아동의류	Toysrus / Food Court / Kid's Wear
2F	펫가든 / 생활용품 / 문구 / 스포츠	Pet Shop / Household / Stationery / Sporting Goods
1F	롭스 / 주방용품 / 잡화	Health & Beauty Store / Cookware / Fashion Accessories
B1	식품매장	Food
B2…B6	주차장	Parking Lot

考場體驗

Trk 64

1. 聽錄音選出正確的回答。　잘 듣고 알맞은 대답을 고르세요.

   1.　(　　　)　　① 비빔밥을 만들어 줄까요?
                   ② 커피를 사 줄까요?
                   ③ 사진을 찍어 줄까요?

   2.　(　　　)　　① 네. 기다릴게요.
                   ② 네. 전화 사 줄게요.
                   ③ 네. 전화 해 줄게요.

   3.　(　　　)　　① 알았어요. 먹을게요.
                   ② 싫어요. 돈이 없어요.
                   ③ 좋아요. 안 사 줄게요.

2. 將適當的字填入空格完成對話。　빈칸에 써 보세요.
   ＊使用「-아/아 주세요.」的文法。

앤디: 배가 고파요. 스테이크를 ＿＿＿＿＿＿＿＿＿.

모모: 돈이 없어요. 안 사 줄게요.

앤디: 그럼 김밥을 ＿＿＿＿＿＿＿＿＿.

모모: 냉장고에 밥이 없어요. 못 만들어요.

앤디: 그럼 치킨집에 ＿＿＿＿＿＿＿＿＿.

      치킨1마리하고 콜라1병 ＿＿＿＿＿＿＿＿＿.

모모: 핸드폰은 배터리가 없어요. 주문 못 해요.

앤디: 너무 나쁘네요.

成果驗收 這一課我們學了「命令句」、「某人為另一人做某事」的句型，還有「表示感嘆」的表現方式，大家都會了嗎？

> ① 想要「請對方做～」，可以用……
> \>\> V + (으)세요.

換你寫

_____	請來台灣。
_____	請讀韓文書。
_____	請多買一些。

> ② 想表示「某人為另一人做某事」的話，使用……
> \>\> 아/어 주다.

換你寫

_____	請幫我打折。
_____	我來幫你照相。
_____	請幫我簽名。

> ③ 想表示「～呢、耶、噢」的話，使用……
> \>\> -네요.

換你寫

_____	這裡風景好漂亮噢。
_____	有好多人噢。
_____	韓國旅行真的很有趣呢。

17

化妝品篇 – 韓國化妝品便宜而且很可愛。
화장품편 - 한국 화장품은 싸고 귀여워요.

單字 단어

這一課要教大家很多女生關心的化妝品要怎麼說，大部份都是英文，平常有在接觸的話很快就能記起來囉。

화장품 化妝品 _____

로션	乳液	_____	팩트	粉餅	_____
스킨	化妝水	_____	쿠션 (파운데이션)	氣墊粉餅	_____
크림	乳霜	_____	아이라이너	眼線	_____
팩	面膜	_____	마스카라	睫毛膏	_____
클렌징	卸妝油	_____	립스틱	口紅	_____

형용사 形容詞 _____

싸다	便宜	_____	크다	大	_____
비싸다	貴	_____	작다	小	_____
아름답다	美麗	_____	멋있다	帥	_____

文法 문법 這一課要教大家「請不要做～」，和表示嘗試的「試看看做～」的句型，以及如何把兩句話合成一句話的方法喲。

① V + 지 마세요.

小秘訣
這是一個「直接裝上去」的文法，不用看收尾音也不用做아/어요變形。

我先寫

가다 > 가지 마세요.
먹다 > 먹지 마세요.
말하다 > 말하지 마세요.
놀다 > 놀지 마세요.

跟著寫

오다 > _____.
찍다 > _____.
하다 > _____.

我先寫

밖에 아주 더워요. 코트를 입지 마세요.
外面非常熱，請不要穿大衣。
주말에 일하지 마세요. 좀 쉬세요.
週末請不要工作，休息一下吧。
박물관에서 뛰지 마세요.
在博物館請不要奔跑。

換你寫

이거 너무 비싸요. _____.
這個太貴了，請不要買。
다음주 휴강이에요. _____.
下禮拜停課，請不要來。
이 영화가 너무 무서워요.
_____.
這電影太可怕了，請不要看。

② V + 아/어 보다 做看看～

小秘訣
1. 這個文法的邏輯跟中文很像，中文的「動詞加上看」=「表示嘗試」，例如：吃看看，穿看看。
2. 這是一個要做「아/어요變形」的文法，做完之後再裝보다上去。
3. 後面可以再裝其他的文法。例如：+ 세요 = 請做看～，+ ㄹ/을게 = 我來做做看～……

我先寫

가다 > 가 보다
가 보세요.　　請去去看。
가 볼게요.　　我會去去看。
가 보고 싶어요.　想去去看。

換你寫

먹다 > 먹어 보다
먹어 보세요.　　請吃吃看。
먹어 볼게요.　　我來吃吃看。
먹어 보고 싶어요.　想吃吃看。

跟著寫

마시다 > 마셔 보다
_____.
請喝喝看。

_____.
想喝喝看。

입다 > 입어 보다
_____.
請穿穿看。

_____.
我來穿穿看。

읽다 > 읽어 보다
_____.
請念念看。

_____.
我來念念看。

我先寫

대만이 정말 아름다워요. 한번 와 보세요.
한국에 진짜 가 보고 싶어요.
한국어로 써 보세요.

台灣很漂亮。請來來看。
真的很想去去看韓國。
請用韓文寫寫看。

跟著寫

이 옷을 한번 _____.
순대가 맛있어요. 한번 _____.
이따가 다시 _____.

請穿穿看這個衣服。
血腸很好吃，請吃吃看。
我等一下再打一次電話看看。

③ -고 然後、而且、還有（and）

小秘訣

1. 這是一個「直接裝上去」的文法。
2. 名詞 하고 名詞
   句子 그리고 句子
   A/V 고 A/V

我先寫

백화점에서 밥을 먹어요.
그리고 커피도 마셔요.
（在百貨公司吃飯。還有喝咖啡。）
= 백화점에서 밥을 먹고 커피도 마셔요.
（在百貨公司吃飯且喝咖啡。）

한국에서 쇼핑해요.
그리고 여기저기 구경해요.
（在韓國購物。還有到處逛逛。）
= 한국에서 쇼핑하고 여기저기 구경해요
（在韓國購物且到處逛逛。）

跟著寫

＊在電影院看電影。還有吃爆米花。
극장에서 영화를 봐요. 그리고 팝콘을 먹어요.
= _____.

＊在圖書館唸書。還有寫作業。
도서관에서 공부해요. 그리고 숙제를 해요.
= _____.

對話 대화

安迪和小桃在討論韓國的化妝品,說著說著小桃也心動地前往了化妝品店,來看看她買了什麼吧。

Trk 65

앤디: 왜 대만 여자들이 한국 화장품을 좋아해요?
모모: 한국 화장품은 싸고 귀여워요.
그래서 인기가 있어요.
앤디: 그렇군요. 그럼 이번 여행도 많이 샀어요?
모모: 아니요. 아직 구경 못 했어요.
앤디: 그럼 근처 화장품 가게에 가 보세요.
그런데 너무 많이 사지 마세요.
우리는 돈이 없어요.
모모: 알았어요. 카드로 할게요.
앤디: 뭐라고요!?

單字

화장품	化妝品	아직	尚未
많이	很多	근처	附近
이번	這次	가게	商店
인기가 있다	有人氣(受歡迎的)		

常用句

그렇군요.	原來如此。
뭐라고요!?	你說什麼!?

換你寫

_____ 安迪: 為什麼台灣女生們喜歡韓國化妝品呢?
_____ 小桃: 韓國化妝品便宜又可愛。所以很受歡迎。
_____ 安迪: 原來如此。那這次旅行也買了很多嗎?
_____ 小桃: 不,還沒能逛到。
_____ 安迪: 那去去看附近的化妝品店吧。但是請不要買太多,我們沒有錢。
_____ 小桃: 我知道了,我會刷卡的。
_____ 安迪: 妳說什麼!?

점원: 어서 오세요. 골라 보세요.

모모: 혹시 선물용 핸드크림이 있어요?

점원: 네. 이 세트는 요즘 인기가 있고 아주 귀여워요. 한번 써 보세요.

모모: 와. 냄새가 좋네요. 얼굴에 써도 돼요?

점원: 아. 얼굴에 쓰지 마세요.

모모: 음...그럼 10개 살게요. 할인행사가 있어요?

점원: 네. 증정품도 많이 드릴게요.

❄ 單字

고르다	選	냄새	味道
선물용	禮物用	얼굴	臉
핸드크림	護手霜	할인행사	折扣活動
세트	套組、禮盒	증정품	贈品
아주	非常	드리다	給（謙卑語）
쓰다	用		

❄ 常用句

골라 보세요.　選選看。

換你寫

店員： 歡迎光臨。請挑挑看。
小桃： 請問有送禮用的護手霜嗎？
店員： 有的，這個禮盒最近很受歡迎而且很可愛。請試用看看。
小桃： 哇，味道很香呢。用在臉上也可以嗎？
店員： 啊，請不要用在臉上。
小桃： 嗯，那我要買十個，有折扣嗎？
店員： 有的，也會給您很多贈品。

現場直擊 韓國的化妝品店經常在做特價活動，大家可要睜大眼睛才能撿到便宜喲。

考場體驗

Trk 67

1. 聽錄音選出正確的回答。　잘 듣고 알맞은 대답을 고르세요.

   1. (　　)　① 아니요. 입어 볼게요.
            ② 됐어요. 저 분홍색을 안 좋아해요.
            ③ 입지 마세요.

   2. (　　)　① 미안해요. 김치를 못 먹어요.
            ② 아주 매워요.
            ③ 김치를 안 먹었어요.

   3. (　　)　① 네. 죄송합니다.
            ② 네. 감사합니다.
            ③ 좋아요. 써 볼게요.

2. 將適當的字填入空格。　빈칸에 써 보세요.
   ＊使用「V + 지 마세요.」的文法。

   1. 음식을 _____.

   2. 사진을 _____.

   3. 핸드폰을 _____.

   4. 반바지를 _____.

   5. 중국어를 _____.

成果驗收 這一課我們學了「請不要做〜」、「表示嘗試」的句型,還有「將兩個句子合起來」的表現方式,大家都會了嗎?

① 想要「請對方不要做〜」,可以用……
>> V + 지 마세요.

換你寫

_____ 請不要在圖書館玩。
_____ 請不要買太多。
_____ 請不要喝酒。

② 想表示「嘗試做做看某事」的話,使用……
>> 아/어 보다.

換你寫

_____ 想去去看釜山和首爾。
_____ 我來穿穿看這件洋裝。
_____ 請吃吃看台灣料理。

③ 想「將兩個句子合起來」,使用……
>> -고.

換你寫

_____ 台灣料理好吃且便宜。
_____ 哥哥有趣且帥。
_____ 風景漂亮且天氣很好。

18

滑雪場篇 – 我會溜冰但是不會滑雪。

스키장편 - 저는 스케이트를 탈 수 있지만 스키는 탈 수 없어요.

單字 단어 這一課要教大家有關運動和音樂的單字，讓大家可以跟朋友討論有趣的休閒娛樂以及興趣話題。

운동 運動

야구하다	打棒球		스키를 타다	滑雪
농구하다	打籃球		스케이트를 타다	滑冰
테니스를 치다	打網球		자전거를 타다	騎腳踏車
배드민턴을 치다	打羽球		태권도를 하다	跆拳道

음악 音樂

노래를 듣다	聽歌		피아노를 치다	彈鋼琴
노래를 하다	唱歌		기타를 치다	彈吉他
춤을 추다	跳舞		음악방송을 보다	看音樂節目

文法 문법 這一課要教大家「會／不會做～」的文法，還有「雖然～但是～」表示轉折的連接用法喲。

① V + ㄹ/을 수 있다/없다　會／不會

小秘訣
1. 這個文法跟英文的 can 類似，表示「會不會」、「能不能」、「可不可以」。
2. 這是一個「看有沒有收尾音」的文法，有收尾音給他 o 連音，沒有就塞 ㄹ 下去。
3. 收尾音是 ㄹ 的字，不用給它 o，直接裝上去就可以了。

我先寫

가다　>　갈 수 있어요.
먹다　>　먹을 수 있어요.
오다　>　올 수 있어요.
읽다　>　읽을 수 있어요.
놀다　>　놀 수 있어요.

跟著寫

사다　>　＿＿＿＿＿＿＿＿.
입다　>　＿＿＿＿＿＿＿＿.
치다　>　＿＿＿＿＿＿＿＿.
만들다　>　＿＿＿＿＿＿＿＿.

我先寫

Q: 크리스마스에 같이 한국에 갈 수 있어요? 聖誕節可以一起去韓國嗎？
A: 돈이 없어요. 갈 수 없어요. 沒有錢，不能去。
Q: 기타를 칠 수 있어요? 你會彈吉他嗎？
A: 대학교 때 배웠어요. 그래서 칠 수 있어요. 大學時有學過，所以會彈。
Q: 일본어를 할 수 있어요? 你會講日文嗎？
A: 아니요. 한국어만 할 수 있어요. 不，我只會韓文。

跟著寫

Q: 이번 주말에 우리집에 ＿＿＿＿＿＿＿＿? 這週能來我們家嗎？
A: 일이 있어요. ＿＿＿＿＿＿＿＿. 有事，沒辦法去。
Q: 그 티셔츠를 ＿＿＿＿＿＿＿＿? 你能穿那件T恤嗎？
A: 너무 작아요. ＿＿＿＿＿＿＿＿. 太小了，沒辦法穿。
Q: 영어를 ＿＿＿＿＿＿＿＿? 你會講英文嗎？
A: 네. 프랑스어도 ＿＿＿＿＿＿＿＿. 是的，也會講法文。

② -지만 但是～

小秘訣
1. 這個文法用來連接兩個句子，表示「雖然～（前面那句），但是～（後面那句）
2. 這是一個「直接裝上去」的文法。

我先寫

프랑스요리가 맛있어요. 비싸요.   法國料理好吃。貴。

= 프랑스요리가 맛있**지만** 비싸요.   法國料理好吃但貴。

핸드폰이 있어요. 배터리가 없어요.   有手機。沒有電（池）。

= 핸드폰이 있**지만** 배터리가 없어요.   雖然有手機但沒電。

그 오빠가 귀여워요. 키가 작아요.   那個哥哥很可愛。很矮。

= 그 오빠가 귀엽**지만** 키가 작아요.   雖然那個哥哥很可愛但很矮。

換你寫

소고기를 먹어요. 스테이크를 안 좋아해요.   吃牛肉。不喜歡牛排

= _____.   雖然吃牛肉但不喜歡牛排。

회사 일이 바빠요. 기분이 좋아요.   公司的工作很忙。心情很好

= _____.   雖然公司的工作很忙但心情很好。

날씨가 더워요. 아이스크림을 안 먹고 싶어요.   天氣很熱。不想吃冰淇淋。

= _____.   雖然天氣很熱但不想吃冰淇淋。

對話 대화

小桃和史蒂芬在討論運動的話題，兩人決定一起去韓國著名的滑雪場，安迪知道後似乎有點不開心呢，來看看他們說了些什麼吧。

Trk 68

모모: 스티븐 씨는 운동을 잘 해요?

스티븐: 네. 저는 야구도 할 수 있고 스키도 탈 수 있어요.
모모 씨도 스키를 탈 수 있어요?

모모: 아니요.
저는 스케이트를 탈 수 있지만 스키는 탈 수 없어요.

스티븐: 스키장에도 안 가 봤어요?

모모: 네. 계속 가고 싶었지만 아직 못 가 봤어요.

스티븐: 그럼 내일 같이 스키장에 가 볼까요?

모모: 콜.

單字

운동	運動	스케이트를 타다	滑冰
잘 해요	擅長	계속	繼續、一直
야구하다	打棒球	스키장	滑雪場
스키를 타다	滑雪		

常用句

콜. 好啊。

換你寫

_____ 小桃： 史蒂芬很會運動嗎？
_____ 史蒂芬： 是的，我會打棒球也會滑雪。小桃妳也會滑雪嗎？
_____ 小桃： 不，我雖然會滑冰但是不會滑雪。
_____ 史蒂芬： 那妳也沒去過滑雪場囉？
_____ 小桃： 對，我一直想去但是還沒能去過。
_____ 史蒂芬： 那明天要一起去去看嗎？
_____ 小桃： 好啊。

모모: 어제 스티븐 씨랑 스키장에 갔어요.

앤디: 그래요? 잘 놀았어요?

모모: 네. 좀 멀었지만 정말 재미있었어요.
경치가 아름답고 사람이 많았어요.

앤디: 그럼 지금은 스키를 탈 수 있어요?

모모: 조금 탈 수 있어요. 3시간 동안 배웠어요.
다음에 또 스키장에 가고 싶어요.

앤디: 사실은 저도 스키를 탈 수 있어요.
다음에 제가 가르쳐 줄게요.

❄ 單字

어제	昨天	아름답다	美麗
놀다	玩	동안	期間
멀다	遠	사실	事實、其實
경치	風景	가르치다	教

❄ 常用句

사실은~　　其實

換你寫

小桃：　我昨天和史蒂芬一起去了滑雪場。

安迪：　是噢？玩得開心嗎？

小桃：　恩，雖然有點遠但真的很好玩。
　　　　風景很美人也很多。

安迪：　那妳現在會滑雪了嗎？

小桃：　會滑一點點了，我學了三個小時。
　　　　下次還想去滑雪場。

安迪：　其實我也會滑雪。下次我來教妳。

熊愛企韓國

18

滑雪場篇－我會溜冰但是不會滑雪。

現場直擊 到處去遊玩的同時,有沒有認真看過自己去玩的地方韓文怎麼說,以及有沒有發現其實到處都有可以幫助外國人的地方呢!

1. 聽錄音選出正確的回答。　잘 듣고 알맞은 대답을 고르세요.

1. （　　　）　① 네. 3년 동안 배웠어요.
　　　　　　② 네. 기타를 칠 수 있어요.
　　　　　　③ 네. 피아노가 있어요.

2. （　　　）　① 좋아요. 사세요.
　　　　　　② 괜찮아요. 제가 사 줄게요.
　　　　　　③ 좋아요. 살 수 있어요.

3. （　　　）　① 아니요. 일본사람이에요.
　　　　　　② 네. 일본에 살았어요.
　　　　　　③ 네. 일본사람을 봤어요.

2. 適當的字填入空格完成對話。　빈칸에 써 보세요.
　＊使用「V + ㄹ/을 수 있어요」的文法。

앤디: 춤을 ＿＿＿＿＿＿＿＿＿＿?

모모: 아니요. 춤을 ＿＿＿＿＿＿＿＿＿＿. 그런데 노래를 ＿＿＿＿＿＿＿＿＿＿.

앤디: 그래요? 그럼 자주 노래방에 가요?

모모: 아니요. 시간이 없어요. 자주 ＿＿＿＿＿＿＿＿＿＿.

앤디: 그럼 그냥 집에서 노래해요?

모모: 아니요. 다른 사람이 집에 있어요. 그래서 ＿＿＿＿＿＿＿＿＿＿.

앤디: 그럼 언제 노래해요?

모모: 아침에 집에 사람이 없어요. 그때는 ＿＿＿＿＿＿＿＿＿＿＿＿＿.

成果驗收

這一課我們學了「能不能做～／會不會做～」的句型，還有「將兩個句子合起來表示轉折」的表現方式，大家都會了嗎？

① 想要表示「能不能做～／會不會做～」，可以用……
>> V + ㄹ/을 수 있다/없다

換你寫

_____	我會開車（운전하다）。
_____	喝了酒，所以不能開車。
_____	你會講中文嗎？

② 想表示「雖然～但是～」的話，使用……
>> -지만

換你寫

_____	全州有點遠但想去。
_____	機票有點貴但想買。
_____	人很多但風景很漂亮。

19

飲食篇 — 請給我原味炸雞和辣味炸雞各半。

음식편 - 후라이드하고 양념치킨 반반씩 주세요.

單字 단어

這一課要教大家不同的餐廳種類以及之前還沒有提到的食物名稱，大多是英文或漢字音，算是實用又好記的單字。

식당 餐廳

중화요리집	中華料理店	다방	茶房	
술집	酒館	레스토랑	高級餐廳	
고기집	烤肉店	뷔페	自助吧	
분식집	小吃店	무한리필	無限加點	

음식 食物

짜장면	炸醬麵	닭한마리	一隻雞	
짬뽕	炒碼麵	스테이크	牛排	
만두	餃子	조개구이	烤貝殼	

文法 문법　這一課要教大家如何「在動詞上做變化,來尊敬句子裡的主詞」,是比較難也有點容易混淆的文法。

① -(으)시다 敬語

小秘訣
1. 之前我們講的韓文句子大多以요或ㅂ니다結尾,都是敬語,尊敬的是「聽我們說話的人」
2. 這邊要教的敬語,尊敬的則是:「說出的句子裡的主詞」。
3. 在動詞或形容詞的後面「加上(으)시다」,讓它成為新的動詞或形容詞,再去套用我們之前教的文法就可以了。

我先寫

動詞 + (으)시	現在式	過去式	未來式
가다 > 가시다	가세요.	가셨어요.	가실 거예요.
오다 > 오시다	오세요.	오셨어요.	오실 거예요.
입다 > 입으시다	입으세요.	입으셨어요.	입으실 거예요.
운동하다 > 운동하시다	운동하세요.	운동하셨어요.	운동하실 거예요.

小秘訣
現在式長得跟之前學的「請(세요)」一樣,但這裡「沒有請的意思」,要特別注意!

動詞 + (으)시	現在式	過去式	未來式
만나다			
보다			
찍다			
쇼핑하다			

小秘訣
腦袋轉不過來的時候,可以用마시다(喝)的過去式和未來式推導。

我先寫

爸爸每天在公園運動。
아빠가 매일 공원에서 운동해요. ➜ (尊敬了聽我說話的人,但沒尊敬到爸爸)
아빠가 매일 공원에서 운동하세요. ➜ (尊敬了聽我說話的人,也尊敬了爸爸)

媽媽買了包包。
엄마가 가방을 샀어요. ➜ （尊敬了聽我說話的人，但沒尊敬到媽媽）
엄마가 가방을 사셨어요. ➜ （尊敬了聽我說話的人，也尊敬了媽媽，意思不變！）
弟弟去了韓國，媽媽也一起去了。
동생이 한국에 갔어요. 엄마도 같이 가셨어요.
➜ （弟弟不用被尊敬，但是媽媽需要被尊敬）

跟著寫

여동생이 코트를 _____.　妹妹穿了大衣，
아빠도 코트를 _____.　爸爸也穿了大衣。
학생이 영화를 _____.　學生將要去看電影，
선생님도 같이 _____.　老師也將要一起看。

② N + 께서 = N + 이/가　敬語（助詞）
　　N + 께서는 = N + 은/는

小秘訣
除了在動詞與形容詞做變化之外，在助詞上做變化可以顯得更為尊敬。

我先寫

爸爸去公司。
아빠가 회사에 가요.
➜ （沒尊敬爸爸）
아빠께서 회사에 가세요.
➜ （有尊敬爸爸）
媽媽昨天很忙。
어제 엄마가 바빴어요.
➜ （沒有尊敬媽媽）
어제 엄머께서 바쁘셨어요.
➜ （有尊敬媽媽）
爺爺是老師。
할아버지는 선생님이에요.
➜ （沒有尊敬爺爺）
할아버지께서는 선생님이세요.
➜ （有尊敬爺爺）

跟著寫

老師等一下就來了。
선생님이 이따가 올 거예요.
➜선생님 ____ 이따가 _____.

奶奶照了很多照片。
할머니가 사진을 많이 찍었어요.
➜할머니 ____ 사진을 많이 _____.

媽媽是上班族。
엄마는 회사원이에요.
➜엄마 ____ 회사원_____.

對話 대화

和小桃決定和朋友們一起試試韓國有名的雞料理，兩人分別來到了「一隻雞專賣店」和「炸雞店」，來看看怎麼點菜和品嘗這些好吃的食物吧。

(닭 한 마리 집에서)
앤디: 저기요. 이거 어떻게 먹어요? 좀 가르쳐 주세요.
아주머니: 주문하시고 마늘과 김치를 넣으세요.
　　　　　그리고 잠깐 기다리시고 15분 후에 저를 부르세요.

(15분 후)
앤디: 저기요. 지금 먹을 수 있어요?
아주머니: 네. 지금 드실 수 있어요.
앤디: 그런데 여기 식초하고 간장이 어떻게……
　　　양념도 만들어 주실 수 있어요?
아주머니: 그럼요. 자. 다 됐어요. 맛있게 드세요.

❄ 單字

어떻게	如何	되다	可以	마늘	蒜頭
가르치다	教	식초	醋	넣다	加進
주문하다	點	간장	醬油	양념	醬料
만들다	做	부르다	叫	드시다	＝먹다（敬語）

❄ 常用句

맛있게 드세요.　請慢用。

換你寫

_____　（在一隻雞專賣店）
_____　安迪：　不好意思，這個要怎麼吃？請教我一下。
_____　大媽：　您點菜然後加入蒜頭和泡菜。然後稍等一下，15分鐘後請叫我。
_____　（15分鐘後）
_____　安迪：　不好意思，現在可以吃了嗎？
_____　大媽：　對，現在可以吃了。
_____　安迪：　但是這裡的醋和醬油要怎麼……您可以幫我製作醬料嗎？
_____　大媽：　當然。來，都弄好了。請慢用。

Trk 72

(치킨집에서)

이모: 뭐 주문하시겠어요?

모모: 후라이드하고 양념치킨 반반 주세요.

이모: 음료수도 필요하세요?

모모: 네. 콜라 3병 주세요. 얼음은 빼 주세요.

(잠깐 기다리고)

모모: 이모님. 아까 콜라를 주문했어요. 그런데 아직 안 나왔어요.

이모: 콜라를 주문하셨어요? 못 들었어요. 죄송해요.

(다 먹고 나서)

이모: 카드로 하세요?

모모: 네. 카드로 할게요.

單字

후라이드	原味炸雞	아까	剛剛
양념치킨	辣味炸雞	아직	還
반반	一半一半	나오다	出來
얼음	冰塊	듣다	聽
빼다	去除	카드	卡片

常用句

얼음을 빼 주세요.	請幫我去冰
아직 안 나왔어요.	菜還沒來。
죄송해요.	對不起。

換你寫

姨母： 請問您要點什麼？
小桃： 請給我原味炸雞和辣味炸雞各半。
姨母： 請問也需要飲料嗎？
小桃： 是的，請給我三瓶可樂，請幫我去冰。
（稍等之後）
小桃： 姨母，我剛剛點了飲料，但是還沒有來。
姨母： 您點了飲料嗎？我沒聽到，對不起。
（都吃完後）
姨母： 您要刷卡嗎？
小桃： 是的，我要刷卡。

現場直擊

對很多人來說，玩完一天回到飯店的重頭戲就是：叫炸雞外賣！
一起來研究看看炸雞店的外送菜單吧！

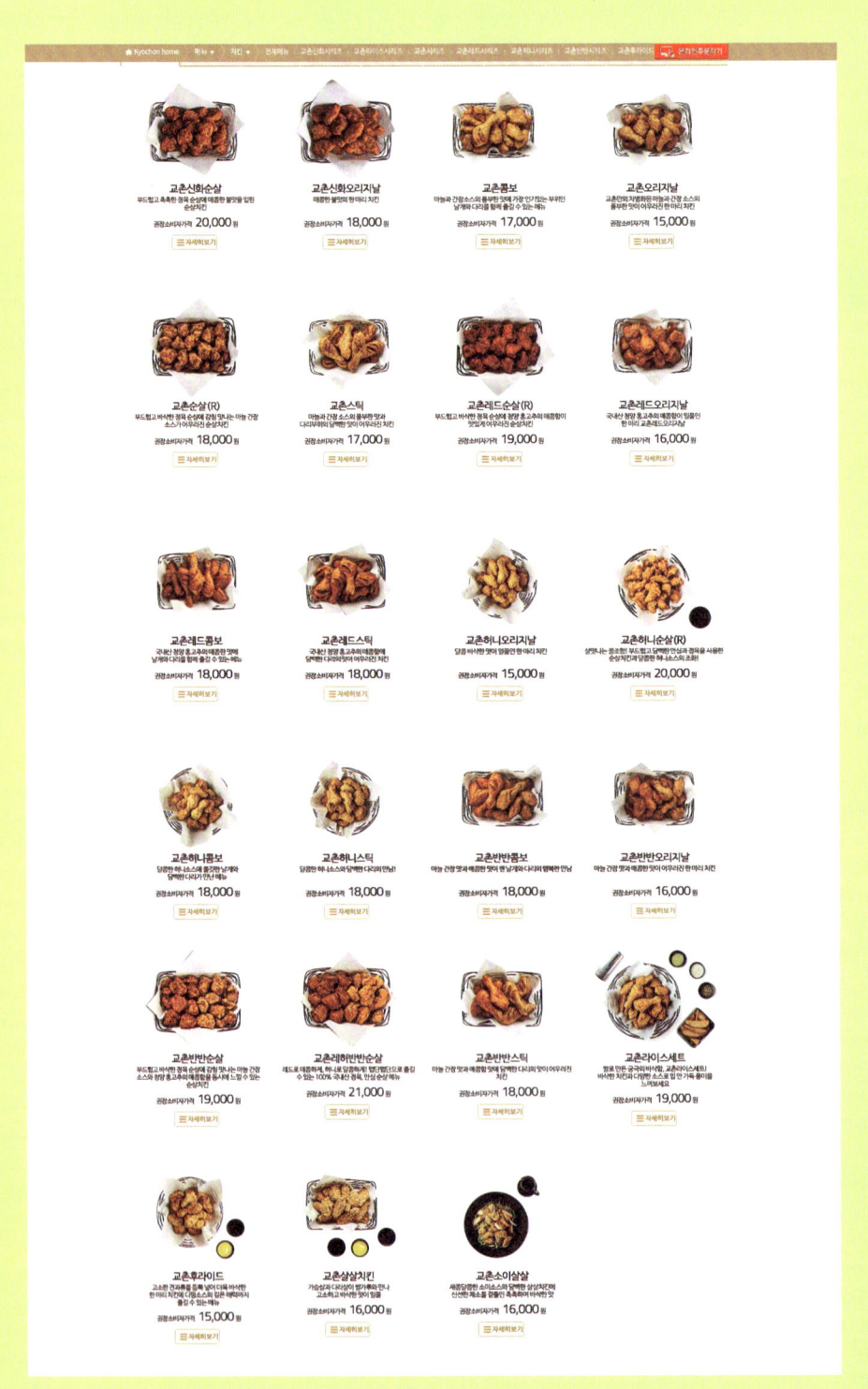

考場體驗

Trk 73

1. 聽錄音選出正確的回答。　잘 듣고 알맞은 대답을 고르세요.

   1. (　　)　① 공원에서 운동하세요.
              ② 집에서 요리해요.
              ③ 치킨 1마리 주세요.

   2. (　　)　① 2분이세요.
              ② 2분이에요.
              ③ 2명이에요.

   3. (　　)　① 네. 대만 사람이에요.
              ② 네. 대만에서 오셨어요.
              ③ 아니요. 대만 사람이에요.

2. 將適當的字填入空格完成對話。　빈칸에 써 보세요.
   ＊使用「-(으)시」的文法。

   아저씨: 손님. 어느 나라 사람 _____?

   손님:　 저는 대만 사람이에요.

   아저씨: 언제 한국에 _____?

   손님:　 저는 어제 한국에 왔어요.

   아저씨: 경복궁에 _____?

   손님:　 아니요. 아직 못 가봤어요.

   아저씨: 그럼 내일 어디에 _____?

   손님:　 내일 홍대에 갈 거예요.

   어저씨: 홍대에서 뭐 _____?

   손님:　 쇼핑도 하고 구경도 할 거예요

成果驗收 這一課我們學會了「尊敬句子裡的主詞」,雖然只有一個文法,卻是比較困難的部分,大家都學起來了嗎?

> ① 想要「尊敬句子裡的主詞」,使用……
> >> -(으)시

換你寫

_____ 您從哪裡來的?

_____ 您要去哪裡?

_____ 您會講中文嗎?

_____ 您是韓國人嗎?

20

回國篇 — 這裡可以暫時寄放行李嗎？

귀국편 - 여기 짐을 잠깐 맡겨도 되나요?

單字 단어 這一課要教大家有關飛機和旅店的一些比較難的單字，讓大家出外旅行時能更理解服務人員的說明。

비행기/공항 飛機／機場

한국어	中文	한국어	中文
국제선	國際線	수화물/짐	行李
국내선	國內線	안전벨트	安全帶
전자티켓	電子機票	비상구	緊急出口
탑승구	登機門	구명조끼	救生衣
멀미약	暈機藥	난기류	亂流

호텔 飯店

한국어	中文	한국어	中文
로비	大廳	흡연실	吸煙室
주차장	停車場	애완동물	寵物
객실	客房	에어컨	冷氣

熊愛企韓國

20 回國篇－這裡可以暫時寄放行李嗎？

文法 문법

這一課要教大家格式體的語尾「ㅂ니다」，跟之前大家習慣的「~요」有很大的不同，雖然陌生但是並不會很難，只要習慣就可以運用自如囉。

① 1.-ㅂ니다/습니다 格式體

小秘訣

1. 我們之前學的~요，是非格式體，比較屬於「生活用語」。~ㅂ니다結尾則是格式體，屬於「正式用語」，會在上班、公司等正式場合使用。
2. 「兩個都是敬語」，都有尊敬到對話的人，差別在使用的場合與給人的感覺不同。
3. 這個文法不用做아/어요變形，是一個「看收尾音的文法」，沒有收尾音塞ㅂ下去，有收尾音的話給它습니다。

我先寫

	現在式	過去式	未來式
가다	갑니다	갔습니다	갈 겁니다
오다	옵니다	왔습니다	올 겁니다
먹다	먹습니다	먹었습니다	먹을 겁니다
좋다	좋습니다	좋았습니다	좋을 겁니다
덥다	덥습니다	더웠습니다	더울 겁니다

換你寫

	現在式	過去式	未來式
사다			
보다			
운동하다			
찍다			
바쁘다			
춥다			

예요 / 이에요 > 입니다
아니에요 > 아닙니다.

小秘訣
如果是問句，把 다. 改成 까?
例如：어디에 가요? = 어디에 갑니까?

我先寫

안녕하세요? 저는 대만사람이에요.
= 안녕하십니까? 저는 대만사람입니다.
您好，我是台灣人。

저는 한국사람이 아니에요.
= 저는 한국사람이 아닙니다.
我不是韓國人。

공연이 시작할 거예요.
= 공연이 시작할 겁니다.
表演要開始了。

잘 먹었어요.
= 잘 먹었습니다.
我吃飽了。（好好地吃了）

換你寫

저는 대만에서 왔어요.
= _____.
我是從台灣來的。

이게 제 짐이 아니에요.
= _____.
這不是我的行李。

한국으로 여행가요.
= _____.
要去韓國旅行。

② -(으)세요 > (으)십시오 請～

小秘訣
십시오這個語尾雖然看起來很像요，但他是屬於格式體（ㅂ니다）唷，很容易搞混，大家要注意。

我先寫

어서 오세요. = 어서 오십시오.　歡迎光臨。
여기 앉으세요. = 여기 앉으십시오.　請坐這裡。
먼저 드세요. = 먼저 드십시오.　請先用。（吃）

換你寫

안녕히 가세요. = _____.　請慢走。
수고하세요. = _____.　辛苦了

對話 대화

安迪和小桃在韓國的旅行告一段落,他們要從飯店退房並搭機返回台灣,來看看他們與飯店人員和地勤人員的對話吧。

Trk 74

앤디: 체크아웃할게요.
호텔직원: 성함이 어떻게 되세요?
앤디: 김앤디입니다.
호텔직원: 카드키 좀 주십시오.
앤디: 여기 있습니다.
　　　그런데 혹시 여기 짐 잠깐 맡겨도 되나요?
호텔직원: 네. 됩니다. 짐이 몇 개인가요?
앤디: 3개입니다. 우리가 오후 2시 반쯤에 다시 돌아올 겁니다.

❄ 單字

짐	行李	체크아웃하다	退房
맡기다	寄放	성함＝이름	大名
다시	再一次	카드키	房卡
돌아오다	回來	혹시	不曉得～（表示禮貌提問）

❄ 常用句

여기 짐 잠깐 맡겨도 됩니까?　　這裡可以暫時寄放行李嗎?
성함이 어떻게 되세요?　　　　　請問貴姓大名?

換你寫

_____　安迪: 我要退房。
_____　飯店職員: 請問貴姓大名是?
_____　安迪: 我是金安迪。
_____　飯店職員: 請給我房卡。
_____　安迪: 在這裡。但是不曉得這裡可以暫時寄放行李嗎?
_____　飯店職員: 是的,可以。您是幾個行李呢?
_____　安迪: 三個行李,我們下午兩點半左右會再回來。

지상근무원: 안녕하십니까?
　　　　　　여권과 티켓 좀 보여 주십시오.
모모: 여기 있습니다.
근무원: 성함이 어떻게 됩니까?
모모: 김모모입니다.
근무원: 옆에 남자분도 일행이십니까?
모모: 네. 제 친구입니다.
근무원: 어디로 가십니까?
모모: 대만으로 갑니다.
근무원: 짐 안에 배터리나 파워뱅크가 없으십니까?
모모: 네. 없습니다.
근무원: 그럼 즐거운 여행 되세요.

單字

여권	護照	배터리	電池	티켓	票卷（機票）
N+(이)나	或	일행	同行的人	분 = 사람	人（敬語）
보여주다	展示	안	裡面	파워뱅크	行動電源

常用句

즐거운 여행 되세요.　　　　　　祝您旅行愉快。

換你寫

地勤：　您好。請給我看您的護照和機票。
小桃：　在這裡。
地勤：　請問大名是？
小桃：　我是金小桃。
地勤：　旁邊的男生也是一起的嗎？
小桃：　對，是我的朋友。
地勤：　請問您要去哪裡？
小桃：　我要去台灣。
地勤：　行李裡面沒有電池或行動電源嗎？
小桃：　是的，沒有。
地勤：　那麼祝您旅行愉快。

熊愛企韓國

20

回國篇─這裡可以暫時寄放行李嗎？

現場直擊 在機場總是可以看到各種不同國家與城市的名字,這些地方你都猜得出來嗎?當中是不是有特別熟悉的地名呢?

예정	편명	도착지	변경	탑승구	현황
14:20	KE 5867	울란바토르		28	탑승준비
14:20	OZ 174	삿포로		38	
14:20	ET 1294	삿포로		38	
14:20	NH 6998	삿포로		38	
14:20	OZ 307	옌타이		34	탑승준비
14:20	CA 5044	옌타이		34	탑승준비
14:20	SC 307	옌타이		34	탑승준비
14:20	ZH 3306	옌타이		34	
14:20	OZ 319	칭다오		42	탑승준비
14:20	CA 5028	칭다오		42	탑승준비
14:20	SC 319	칭다오		42	탑승준비
14:20	OZ 713	타이베이		36	
14:20	BR 2149	타이베이		36	
14:25	LJ 203	도쿄/ 나리타		108	탑승준비
14:25	KE 5743	도쿄/ 나리타		108	탑승준비
14:30	OZ 521	런던/ 히드로		46	
14:35	CZ 6074	옌지		115	
14:40	CA 440	충칭		18	
14:40	OZ 6848	충칭		18	
14:40	OZ 202	로스앤젤레스		43	
14:40	CM 8000	로스앤젤레스		43	
14:40	SQ 5702	로스앤젤레스		43	
14:40	TG 6741	로스앤젤레스		43	

13:28

考場體驗

Trk 76

1. 聽問題選出適當的回答。　잘 듣고 알맞은 대답을 고르세요.

1. (　　)　　① 집에 갑니다.
　　　　　　② 한국에 있습니다.
　　　　　　③ 반갑습니다.

2. (　　)　　① 네. 대만에서 왔어요.
　　　　　　② 아니요. 대만 사람이에요.
　　　　　　③ 아니요. 한국에 갑니다.

3. (　　)　　① 아니요. 할 수 있어요.
　　　　　　② 네 . 못합니다.
　　　　　　③ 네. 좀 할 수 있어요.

2. 將適當的字填入空格完成對話。　빈칸에 써 보세요.
　＊使用「ㅂ니다/습니다」的文法。

사장님:　　여러분. 안녕하세요 ?

회사직원:　사장님. ＿＿＿＿＿＿＿＿＿ ?

사장님:　　여러분 밥을 먹었어요 ?

직원:　　　네. ＿＿＿＿＿＿＿＿. 사장님께서도 ＿＿＿＿＿＿＿＿＿＿ ?

사장님:　　네. 많이 먹었어요. 지금 뭐 ＿＿＿＿＿＿＿＿ ?

직원:　　　지금 회의를 준비합니다.

사장님:　　회의시간은 몇 시 ＿＿＿＿＿＿＿＿ ?

직원:　　　오후 3시 ＿＿＿＿＿＿＿＿.

사장님:　　알았어요. 수고하세요.

成果驗收 這一課我們學會了「格式體」，是一個跟以往幾個完全不一樣的新文法，大家都上手了嗎？

① 想要講話「給人正式的感覺」，使用……
>> ㅂ/습니다

換你寫

_____　　我是外國人。

_____　　請問廁所在哪裡？

_____　　請問您會講英文嗎？

_____　　辛苦您了。

> 各課練習解答

第一課
文法解答
跟著寫
Q: 대만사람이 있어요?
A: 네, 대만사람이 있어요.
Q: 미국사람이 있어요?
A: 아니요, 미국사람이 없어요.
Q: 남자친구가 있어요?
A: 아니요, 남자친구가 없어요.
換你寫
Q: 남자가 있어요? A: 네, 있어요.
Q: 물이 있어요? A: 아니요, 없어요.
換你寫
여권 주세요. / 짐 주세요.
聽力答案：1或3, 2, 2
看圖將正確的句子填入空格。
1.남자 화장실이 있어요. 여자 화장실이 없어요.
2.주스가 있어요. 콜라가 없어요.
3.한국사람이 있어요. 일본사람이 없어요.
4.여권 주세요.
成果驗收解答
물이 있어요? / 커피가 있어요? / 화장실이 있어요? /
라면 주세요. / 여권 주세요. / 출입국심사표 주세요.

第二課
文法解答
跟著寫：
Q: 대만사람이에요? A: 네, 대만사람이에요.
Q: 미국사람이에요? A: 아니요, 한국사람이에요.
Q: 선생님이에요? A: 아니요, 학생이에요.
換你寫：
Q: 콜라예요? A: 아니요, 물이에요.
Q: 라면이에요? A: 아니요, 냉면이에요.
跟著寫：
A: 저게 물이에요.
A: 이게 떡볶이에요.
換你寫：
Q: 그게 뭐예요? A: 이게 라면이에요.
Q: 이게 뭐예요? A: 그게 오뎅이에요.
聽力解答：333
看圖將正確的句子填入空格。
1.Q: 이게 뭐예요? A: 그게 김밥이에요.
2.Q: 그게 뭐예요? A: 이게 커피예요.
3.Q: 그게 뭐예요? A: 그게 계란빵이에요.
4.Q: 저게 뭐예요? A: 저게 떡국이에요.

成果驗收解答
한국사람이에요? / 커피예요? / 순대예요? /
이게 뭐예요? / 이게 물이에요? / 이게 떡볶이에요?

第三課
文法解答
價格練習
천오백 원   이백오십 원
삼천사백 원   오십구만 원
만구천 원   육십팔만칠천이백 원
跟著寫
이게 얼마예요? / 이 티셔츠가 얼마예요? /
그 안경이 얼마예요?
換你寫
이 모자가 얼마예요? / 이 가방이 얼마예요?
聽力解答：313
看圖將正確的句子填入空格。
이
이에요
저
구천오백 원이에요.
그 / 얼마예요?
원이에요.
成果驗收
이 커피가 얼마예요? / 이 모자가 얼마예요? /
이 가방이 얼마예요?
만 원 / 이만구천 원 / 사천칠백 원
큰 사이즈(가) 있어요? / 갈색(이) 있어요? /
회색(이) 있어요?

第四課
文法解答
換你寫
친구의 홍차 / 오빠(형)의 아이스크림
換你寫
그게 제 여권이 아니에요. / 이게 제 짐이 아니에요. /
이게 제 가방이 아니에요.
換你寫
치즈케이크가 육천오백 원이에요.
아이스크림이 오천삼백 원이에요.
딸기빙수가 팔천칠백 원이에요.
전부 이만오백 원이에요.
聽力解答：221
看圖將適當的字填入空格。
의 / 예요
모모 씨의 아이스크림이에요.
친구의 와플이에요.

成果驗收
친구의 녹차
남자친구의 모자
제 여권
이게 제 가방이 아니에요.
저는 한국사람이 아니에요.
이 사람이 제 친구가 아니에요.
이 사람이 누구예요?
이 가방이 누구 가방이에요?

第五課
文法解答
跟著寫
한국에 있어요. / 시장에 있어요.
換你寫
대만에 있어요. / 오른쪽에 있어요.
跟著寫
선생님 / 학교에 있어요.
마트 / 옆에 있어요.
모자 / 위에 있어요.
跟著寫
으로 / 으로
聽力解答：233
看圖回答問題。
모모 씨가 화장실에 있어요.
화장실이 학교에 있어요.
학교가 회사 옆에 있어요.
成果驗收
화장실이 어디에 있어요?
마트가 어디에 있어요?
선생님이 어디에 있어요?
앞으로 가세요.
오른쪽으로 가세요.
왼쪽으로 가세요.
앞으로 십 분 가세요.
쭉 가세요.

第六課
文法解答
跟著寫
여자 네 명 / 냉면 다섯 그릇 / 컵 여섯 개
커피 일곱 잔 / 친구 여덟 명 /
콜라 아홉 병
跟著寫
두 장 있어요. / 한 병 있어요.
換你寫
가방이 열 개 있어요. / 친구가 다섯 명 있어요.

聽力解答：322
看圖回答問題。
커피가 네 잔 있어요. / 숟가락이 세 개 있어요.
짜장면이 두 그릇 있어요.
成果驗收
비빔밥 하나 주세요. / 표 두 장 주세요. /
물 세 잔 주세요. / 대만사람이 몇 명 있어요? /
몇 분이세요? / 짐이 몇 개 있어요? /
물이 몇 병 있어요?

第七課
文法解答
時間練習
열한 시 / 세 시 십오 분 / 일곱 시 삼십 분 = 일곱 시 반
여섯 시 이십 분 / 열두 시 사십 분 /
아홉 시 이십오 분
跟著寫
＿＿＿요일이에요.
몇 시 / 여덟 시예요.
跟著寫
몇 시부터 몇 시까지 / 수업
아침 / 부터 / 오후 / 까지
換你寫
언제 회사에 있어요?
월요일부터 금요일까지 회사에 있어요.
聽力解答：212
看圖回答問題
오후 2시부터 4시까지 일본어 수업이 있어요.
지금 10시 반이에요.
오늘이 금요일이에요.
成果驗收
두 시 이십 분 / 세 시 사십 분 / 열한 시 십일 분
지금 몇 시예요?
언제 대만에 있어요?
언제 한국어 수업이 있어요?
열 시부터 열두 시까지 한국어 수업이 있어요.
화요일부터 토요일까지 한국에 있어요.
아침부터 오후까지 학교에 있어요.

第八課
文法解答
跟著寫
한 시간 / 걸려요 / 일주일 / 걸려요
두 시간 걸려요. 두 달 걸려요.
跟著寫
로 가요 / 로 가요
換你寫
배로 가요 / 버스로 가요

191

跟著寫
에서 / 까지 / 로
에서 / 까지 / 걸려요
換你寫
집에서 마트까지 오토바이로 가요.
대만에서 일본까지 2시간 반 걸려요.
聽力解答：212
看圖回答問題。
집에서 공항까지 택시로 가요.
집에서 공항까지 2시간 걸려요.
네. 멀어요.
成果驗收
십 분 걸려요. / 두 시간 걸려요. / 사 년 걸려요.
비행기로 가요. / 지하철로 가요. / 버스로 가요.
대만에서 일본까지 4시간 걸려요.
서울에서 전주까지 고속버스로 가요.
회사에서 편의점까지 10분 걸려요.

第九課
文法解答
跟著寫
만 원 / 사천구백 원
오만팔천 원 / 이십육만사천팔백 원
換你寫
열두 시 / 다섯 시 삼십분
열한 시 사십오 분 / 세 시 이십 분
換你寫
하고 / 랑 / 와
하고 / 이랑 / 과
聽力解答：213
回答問題。
1. 저는 대만사람이에요.
2. 지금 집에 있어요.
3. 이 책이 한국어 책이에요.
4. 이 책이 사백오십 원이에요.
5. 대만에서 한국까지 비행기로 가요.
6. 대만에서 한국까지 3시간쯤 걸려요.
成果驗收
일곱 시 삼십 분 / 여섯 시 사십오 분 /
열 시 십 분 /
백 원 / 이천 원 /
만구천 원 /
콜라하고 사이다 주세요. /
담요랑 물 주세요. / 저와 친구가 한국에 있어요.

第十課
文法解答
跟著寫
+아요 / 앉아요. / +어요 / 얼어요. / 자아요 / 자요. /
켜어요. / 켜요. / +어요 / 웃어요. / 배우어요. /
배워요. / 치 > 쳐 / 쳐요. / 예쁘 > 예뻐 / 예뻐요. /
+어요 / 입어요. / +어요 / 찍어요. / 하다 > 해요 /
쇼핑해요. / 하다 > 해요 / 데이트해요.
換你寫
오빠가 마셔요. / 엄마가 요리해요. / 선생님이 자요.
跟著寫
를 / 를 / 을 / 을
換你寫
친구가 라면을 먹어요. / 엄마가 코트를 사요.
남자친구가 저를 기다려요. / 학생이 한국어를 써요.

第十一課
文法解答
跟著寫
고 싶어요 / 사고 싶어요
고 싶어요 / 마시고 싶어요
고 싶어요 / 찍고 싶어요
換你寫
놀고 싶어요 / 친구하고 놀고 싶어요
만나고 싶어요 / 오빠를(형을) 만나고 싶어요
跟著寫
에 / 에
에 / 고 싶어요
跟著寫
는 / 이 / 을
는 / 은
聽力解答：321
看圖回答問題
미국에 가고 싶어요. / 대만에서 비행기로 가고 싶어요.
거기에서 햄버거를 먹고 싶어요.
成果驗收
화장실에 가고 싶어요. / 삼겹살을 먹고 싶어요. /
옷을 사고 싶어요. /
집에 가요. /
친구하고 한국에 가요. / 언제 집에 가요? /
제가 집에 가고 싶어요. /
집에서 친구를 만나고 싶어요. /
친구는 부산에 가고 싶어해요. 저는 서울에 가고 싶어요.

第十二課
文法解答
換你寫
쇼핑해요 / 운전해요 / 여행해요 / 공부해요

跟著寫
에서 / 에서
換你寫
에서 데이트해요 / 에서 일해요
換你寫
만날까요? / 운동할까요? / 살까요? / 읽을까요?
換你寫
같이 운동할까요? / 같이 밥을 먹을까요?
換你寫
매워요 / 귀여워요
換你寫
날씨가 추워요? / 김치가 매워요
聽力解答：112
將適當的字填入空格完成對話。
볼까요? / 만날까요? / 만날까요? / 먹을까요? / 쇼핑할까요?
成果驗收
극장에서 데이트해요. / 한국에서 쇼핑해요. /
부산에서 한국요리를 먹고 싶어요. /
지금 집에 갈까요? / 언제 한국에 갈까요? /
같이 커피를 마실까요?

第十三課
文法解答
換你寫
만나요 / 자요 / 좋아요 / 봐요 / 없어요 /
찍어요 / 읽어요 / 기다려요 / 추워요 / 가까워요
跟著寫
안 / 못
換你寫
커피를 안 마셔요.
못 가요. / 안 더워요. / 안 바빠요.
聽力解答：321
將適當的字填入空格完成對話。
못 / 안 / 안 / 못 / 안
成果驗收
친구가 공원에서 사진을 찍어요.
남자친구하고 한국에서 놀아요.
여자친구하고 영화를 봐요.
술을 안 마셔요.
운동 안 해요.
안 자요.
술을 못 마셔요.
사진을 못 찍어요.
일본어를 못해요.

第十四課
文法解答
換你寫
사요.　　샀어요.
마셔요.　마셨어요.
요리해요.　요리했어요.
자요.　　잤어요.
봐요.　　봤어요.
놀아요.　놀았어요.
換你寫
운동했어요. / 봤어요. / 먹었어요?
跟著寫
아파요 / 안 바빠요. / 배가 고파요.
聽力解答：313
將適當的字填入空格完成對話。
갔어요.
샀어요. / 먹었어요.
갔어요. / 봤어요.
재미있었어요.
成果驗收
밥을 먹었어요?
아니요. 너무 바빴어요. 못 먹었어요.
어제 회사에 안 왔어요?
네. 아팠어요.
왜 못 자요?
커피를 너무 많이 마셨어요.

第十五課
文法解答
換你寫
사요.　　살 거예요.
마셔요.　　마실 거예요.
요리해요.　　요리할 거예요.
자요.　　잘 거예요.
봐요.　　볼 거예요.
跟著寫
찍을 거예요. / 볼 거예요.
跟著寫
살게요. / 찍을게요. / 볼게요.
換你寫
먹을게요. / 올게요.
聽力解答：223
將適當的字填入空格完成對話。
갈 거예요. / 먹을 거예요.
쇼핑할 거예요. / 살 거예요. / 추울 거예요.
成果驗收
어버이날에 부모님이 기분이 좋을 거예요.
미국친구가 내일 대만에 올 거예요.

날씨가 더울 거예요.
먼저 갈게요.
찍을게요.
기다릴게요.

第十六課
文法解答
跟著寫
오세요. / 운동하세요. / 찍으세요. / 기다리세요.
跟著寫
보세요. / 입으세요.
跟著寫
가 주세요. /
사인해 주세요. / 사인해 줬어요.
찍어 주세요. / 찍어 줄게요.
換你寫
바쁘네요. / 덥네요. / 재미있네요.
聽力解答：112
將適當的字填入空格完成對話。
사 주세요. / 만들어 주세요.
전화해 주세요. / 주문해 주세요.
成果驗收
대만에 오세요. / 한국어 책을 읽으세요. /
많이 사세요. / 깎아 주세요. /
제가 사진을 찍어 줄게요. /
사인해 주세요. / 여기 경치가 아주 예쁘네요. /
사람이 많네요. / 한국 여행이 정말 재미있네요.

第十七課
文法解答
跟著寫
오지 마세요. / 찍지 마세요. / 하지 마세요.
換你寫
사지 마세요. / 오지 마세요. / 보지 마세요.
跟著寫
마셔 보세요. / 마셔 보고 싶어요.
입어 보세요. / 입어 볼게요.
읽어 보세요. / 읽어 볼게요.
跟著寫
입어 보세요. / 먹어 보세요. / 전화해 볼게요.
跟著寫
극장에서 영화를 보고 팝콘을 먹어요.
도서관에서 공부하고 숙제를 해요.
聽力解答：211
將適當的字填入空格。
먹지 마세요. / 찍지 마세요. / 쓰지 마세요. /
입지 마세요. / (말)하지 마세요.

成果驗收
도서관에서 놀지 마세요. / 너무 많이 사지 마세요. /
술을 마시지 마세요.
부산하고 서울에 가 보고 싶어요.
이 원피스를 입어 볼게요.
대만요리를 먹어 보세요.
대만요리가 맛있고 싸요.
오빠가 재미있고 멋있어요.
경치가 아름답고 날씨가 좋아요.

第十八課
文法解答
跟著寫
살 수 있어요. / 입을 수 있어요.
칠 수 있어요. / 만들 수 있어요.
跟著寫
올 수 있어요? / 갈 수 없어요.
입을 수 있어요? / 입을 수 없어요.
할 수 있어요? / 할 수 있어요.
換你寫
소고기를 먹지만 스테이크를 안 좋아해요.
회사 일이 바쁘지만 기분이 좋아요.
날씨가 덥지만 아이스크림을 안 먹고 싶어요.
聽力解答：122
將適當的字填入空格完成對話。
출 수 있어요?
출 수 없어요. / 할 수 있어요.
갈 수 없어요.
노래할 수 없어요.
노래할 수 있어요.
成果驗收
운전할 수 있어요.
술을 마셨어요. 그래서 운전할 수 없어요.
중국어를 할 수 있어요?
전주가 좀 멀지만 가고 싶어요.
비행기 표가 비싸지만 사고 싶어요.
사람이 많지만 경치가 예뻐요.

第十九課
文法解答
換你寫
만나세요. / 만나셨어요. / 만나실 거예요.
보세요. / 보셨어요. / 보실 거예요.
찍으세요. / 찍으셨어요. / 찍으실 거예요.
쇼핑하세요. / 쇼핑하셨어요. /
쇼핑하실 거예요.
跟著寫
업었어요. / 입으셨어요.

볼 거예요. / 보실 거예요.
跟著寫
께서 / 오실 거예요.
께서 / 찍으셨어요.
께서는 / 이세요.
聽力解答：231
將適當的字填入空格完成對話。
이세요? / 오셨어요? / 가 보셨어요? / 가실 거예요? /
하실 거예요?
成果驗收
어디에서 오셨어요? / 어디로 가세요? /
중국어를 하실 수 있어요? / 한국분이세요?

第二十課
換你寫
삽니다. / 샀습니다. / 살 겁니다.
봅니다. / 봤습니다. / 볼 겁니다.
운동합니다. / 운동했습니다. / 운동할 겁니다.
찍습니다. / 찍었습니다. / 찍을 겁니다.
바쁩니다. / 바빴습니다. / 바쁠 겁니다.
춥습니다. / 추웠습니다. / 추울 겁니다.
換你寫
저는 대만에서 왔습니다.
이게 제 짐이 아닙니다.
한국으로 여행갑니다.
換你寫
안녕히 가십시오. /
수고하십시오.
聽力解答：113
將適當的字填入空格完成對話。
안녕하십니까?
먹었습니다. / 드셨습니까?
합니까?
입니까?
입니다.
成果驗收
저는 외국사람입니다. / 화장실이 어디에 있습니까?
영어를 하실 수 있습니까? / 수고 하십시오.

▷ 各課聽力題目原文

第一課
聽力解答：1或3, 2, 2
1.커피가 있어요?
1.네. 있어요. 2.네.주세요. 3.아니요.없어요.

2.라면이 있어요?
1.네.없어요. 2.아니요.없어요. 3.아니요.주세요.

3.물 좀 주세요.
1.네. 주세요. 2.여기 있습니다. 3.감사합니다.

第二課
聽力解答：333
1.이게 뭐예요?
1.오뎅이에요. 2.순대예요. 3.떡볶이예요.

2.저게 뭐예요?
1.라면이에요. 2.잡채예요. 3.냉면이에요.

3.한국사람이에요?
1.아니요. 한국사람이에요.
2.아니요. 미국사람이 있어요.
3.아니요.미국사람이에요.

第三課
聽力解答：313
1.안경이 얼마예요?
1.만오천원이에요.
2.이만오천구백원이에요
3.만오천구백원이에요.

2.코트가 얼마예요?
1.이십삼만원이에요
2.이십사만원이에요
3.십삼만원이에요.

3.커피가 얼마예요?
1.삼천오백원이에요.
2.사백오십원이에요.
3.삼백오십원이에요.

第四課
聽力解答：221
1.이게 뭐예요?
1.제 친구예요. 2.망고빙수예요. 3.승무원이에요.

2.이게 앤디씨의 아이스크림이에요?
1.네. 아이스크림이에요.
2.아니요. 제 아이스크림이에요.
3.아니요. 앤디씨가 아니에요.

3.이게 누구 핫쵸코예요?
1.모모씨의 핫쵸코예요.
2.제 물이에요.
3.네. 핫쵸코예요.

第五課
聽力解答：233
1.집이 어디에 있어요?
1.마트 앞에 있어요.
2.마트 옆에 있어요.
3.시장 옆에 있어요.

2.백화점이 어디에 있어요?
1.집 옆에 있어요.
2.은행 오른쪽에 있어요.
3.은행 왼쪽에 있어요.

3.選出正確的。
1.편의점이 백화점 뒤에 있어요.
2.은행이 마트 옆에 있어요.
3.집이 편의점 앞에 있어요,

第六課
聽力解答：322
1.몇 분이세요?
1.2분이에요. 2.2개예요 3.2명이에요.

2.뭐 주문하시겠어요?
1.네. 감사합니다.
2.된장찌개 하나 주세요.
3.영수증 좀 주세요.

3.안녕히 가세요.
1.안녕하세요. 2.안녕히 계세요. 3.여기 있습니다.

第七課
聽力解答：212
1.지금 몇 시예요?
1.2분이에요. 2.2시예요. 3.화요일이에요.

2.언제 한국에 있어요?
1.월요일부터 목요일까지예요.
2.2시부터 4시까지예요.
3.집에 있어요.

3.예약하시겠어요?
1.안녕하세요. 2.네. 예약해 주세요. 3.감사합니다.

第八課
聽力解答：212
1.대만에서 한국까지 어떻게 가요?
1.지하철로 가요.
2.비행기로 가요.
3.자전거로 가요.

2.집에서 회사까지 멀어요?
1.아니요. 가까워요.
2.네. 걸어서 가요.
3.아니요. 배로 가요.

3.대만에서 일본까지 시간이 얼마나 걸려요?
1.1분 걸려요. 2.2시간반 걸려요. 3.3년걸려요.

第九課
聽力解答：213
1.지금 몇시예요?
1.목요일이에요. 2.네 시예요. 3.네 명이에요.

2.이게 얼마예요?
1.만 원이에요. 2.이게 돈이에요. 3.네. 엄마예요.

3.라면이랑 떡볶이 주세요.
1.네. 라면이 있어요.
2.떡볶이가 얼마예요?
3.바로 갖다드릴게요.

第十一課
聽力解答：321
1.어디에 가고 싶어요?
1.떡볶이를 먹고 싶어요.
2.어서 오세요.
3.프랑스에 가고 싶어요.

2.뭐 먹고 싶어요?
1.모자요. 2.한국요리요. 3.대만사람이요.

3. 오빠를 좋아해요?
1. 네. 오빠를 좋아해요.
2. 네. 오빠가 좋아해요.
3. 아니요. 오빠는 좋아해요.

第十二課
聽力解答：112
1.같이 밥 먹을까요?
1.좋아요. 어디에서 만날까요?
2.좋아요. 운동하고 싶어요.

3.알겠어요. 그때 봐요.

2.뭐 살까요?
1.코트를 사고 싶어요.
2.망고빙수를 먹고 싶어요.
3.딸기빙수가 비싸요.

3.날씨가 어때요?
1.좀 귀여워요. 2.좀 더워요. 3.진짜 매워요.

第十三課
聽力解答：321
1.배가 너무 고파요.
1.그럼 밥을 안 먹어요?
2.그럼 홍차를 마실까요?
3.그럼 계란을 먹을까요?

2.커피를 안 좋아해요.
1.그럼 커피를 마셔요.
2.그럼 사이다를 마실까요?
3.그럼 커피숍에 가요.

3.날씨가 어때요?
1.안 추워요. 2.안 매워요. 3.좀 귀여워요.

第十四課
聽力解答：313
1.어디가 아프세요?
1.배가 고파요. 2.요즘 바빠요. 3.눈이 좀 아파요.

2.아침을 먹었어요?
1.네. 집에서 먹었어요.
2.네. 마셨어요.
3.아니요. 점심을 먹었어요.

3.부산 경치가 어때요?
1.추워요. 2.바빠요. 3.예뻐요.

第十五課
聽力解答：223
1.먼저 갈게요.
1.네. 안녕히 계세요.
2.네. 안녕히 가세요.
3.네. 안녕하세요.

2.제가 다 먹을게요.
1.네. 먹었어요.
2.안 돼요. 저도 먹고 싶어요.

3.안 돼요. 빨리 먹어요.

3.생일이 언제예요?
1.2018년이에요. 2.1시예요. 3.12월 13일이에요.

第十六課
聽力解答：112
1.저 배고파요.
1.비빔밥을 만들어 줄까요?
2.커피를 사 줄까요?
3.사진을 찍어 줄까요?

2.내일 전화해 주세요.
1.네. 기다릴게요.
2.네. 전화 사 줄게요
3.네. 전화 해 줄게요.

3.오빠. 밥을 사 주세요.
1.알았어요. 먹을게요. 2.싫어요. 돈이 없어요. 3.좋아요. 안 사 줄게요.

第十七課
聽力解答：211
1.이 옷이 예뻐요. 한번 입어 보세요.
1.아니요. 입어 볼게요.
2.됐어요. 저 분홍색을 안 좋아해요.
3.입지 마세요.

2.김치가 맛있어요. 한번 먹어 보세요.
1.미안해요. 김치를 못 먹어요.
2.아주 매워요.
3.김치를 안 먹었어요.

3.수업중에 전화를 쓰지 마세요.
1.네. 죄송합니다.
2.네. 감사합니다.
3.좋아요.써 볼게요.

第十八課
聽力解答：122
1.피아노를 칠 수 있어요?
1.네. 3년동안 배웠어요.
2.네. 기타를 칠 수 있어요.
3.네. 피아노가 있어요.

2.이 옷이 예쁘지만 좀 비싸요.
1.좋아요. 사세요.
2.괜찮아요. 제가 사 줄게요.

3.좋아요. 살 수 있어요.

3.일본어를 할 수 있어요?
1.아니요. 일본사람이에요.
2.네. 일본에 살았어요.
3.네. 일본사람을 봤어요.

第十九課
聽力解答：231
1.지금 뭐 하세요?
1.공원에서 운동하세요.
2.집에서 요리해요.
3.치킨 1마리 주세요.

2.어서 오세요. 몇 분이세요?
1.2분이세요.
2.2분이에요.
3.2명이에요.

3.대만에서 오셨어요?
1.네. 대만 사람이에요.
2.네. 대만에서 오셨어요.
3.아니요. 대만 사람이에요.

第二十課
聽力解答：113
1.어디에 갑니까?
1.집에 갑니다.　2.한국에 있습니다.　3.반갑습니다.

2.대만 사람입니까?
1.네. 대만에서 왔어요.
2.아니요. 대만 사람이에요.
3.아니요. 한국에 갑니다.

3.한국어를 할 수 있습니까?
1.아니요. 할 수 있어요.
2.네. 못합니다.
3.네. 좀 할 수 있어요.

熊愛企韓國（第三版）
──Saleisha老師的第一堂超好玩韓語課

作　　者	Saleisha Lee 李聖婷
編　　輯	Kay 王琪、Saleisha Lee 李聖婷
插　　畫	Kay 王琪
封面設計	連思靜、莊佳惠、王琪、李聖婷
錄　　音	김태헌、陳雅雯、김희진、장병용
內容校正	김태헌、陳雅雯、김희진、장병용、范雅涵（Alice）
照片拍攝	張菀庭、陳雅雯
特別感謝	金帝範 總經理、陳慶智 主任、大哥夫婦、王琪、Saleisha 韓語師資團隊全體教師、救國團忠孝中心、金小花、Dreams come true 小組 & GOD
出　　版	李聖婷
製作銷售	秀威資訊科技股份有限公司
	114 台北市內湖區瑞光路76巷69號2樓
	電話：+886-2-2796-3638
	傳真：+886-2-2796-1377
網路訂購	秀威書店：https://store.showwe.tw
	誠品書店：http://www.eslite.com/
	博客來網路書店：http://www.books.com.tw
	三民網路書店：http://www.m.sanmin.com.tw
	金石堂網路書店：http://www.kingstone.com.tw
	讀冊生活：http://www.taaze.tw

出版日期：2018年7月　初版一刷
　　　　　2020年8月　二版一刷
　　　　　2024年10月　三版一刷
定　　價：450元

版權所有・翻印必究　All Rights Reserved
Printed in Taiwan

國家圖書館出版品預行編目

熊愛企韓國：Saleisha老師的第一堂超好玩韓語課 /
李聖婷(Saleisha Lee)著. -- 三版. -- 新北市：李聖
婷, 2024.10
　　面；　公分
ISBN 978-626-01-2364-2(平裝)

1. CST: 韓語　2. CST: 讀本

803.28　　　　　　　　　　　　　113000589